JN080171

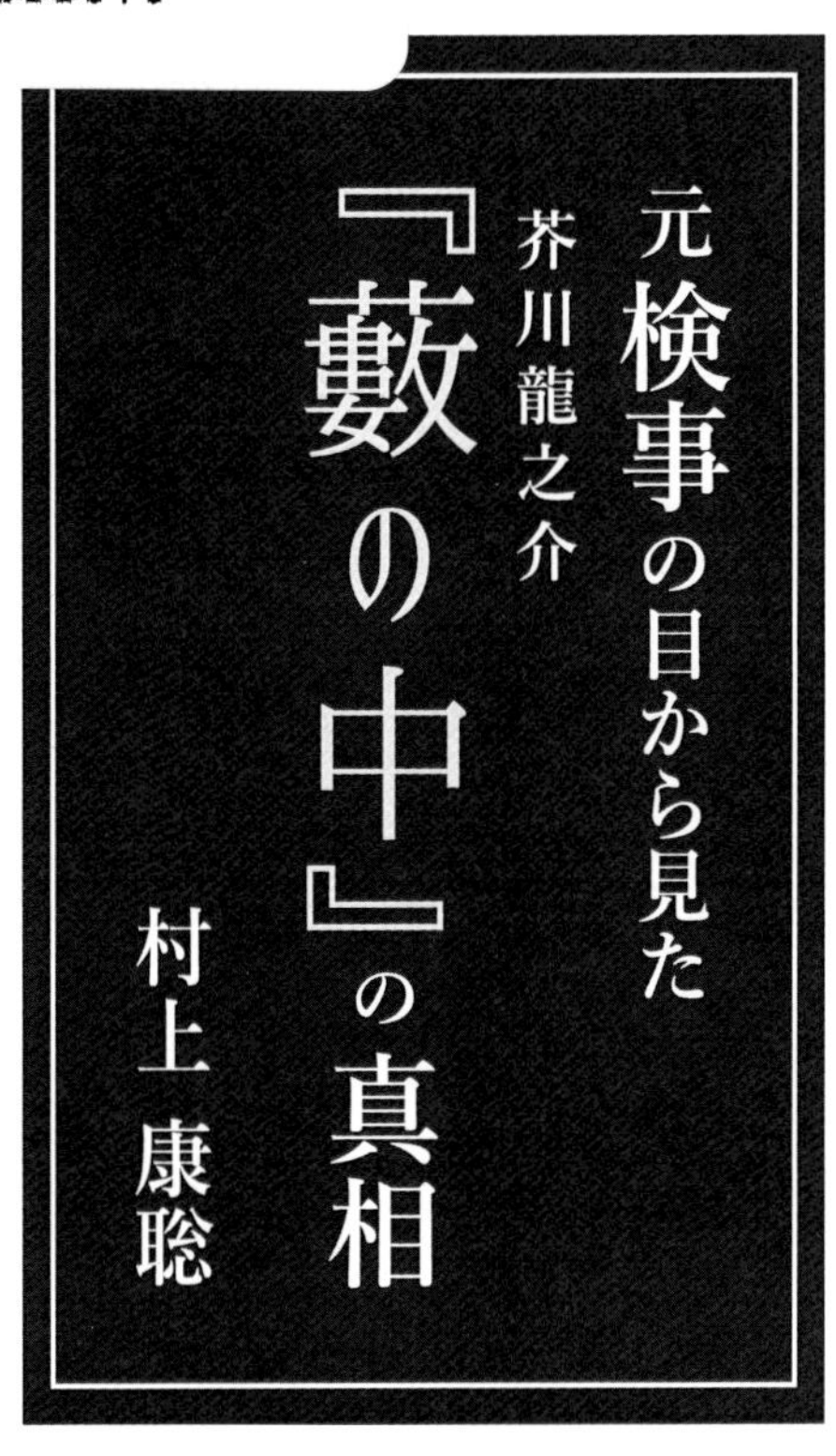
元検事の目から見た
芥川龍之介
『藪の中』の真相
村上 康聡

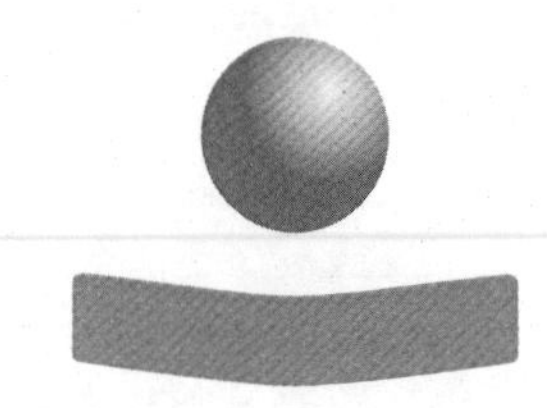

Bandaiho Shobo

はじめに

芥川龍之介は、大正11年1月、雑誌「新潮」に短編小説『藪の中』を発表しました。

この小説は、平安時代と思われる時代考証の下に、山科の駅路から四五町離れている人気のない藪の中で、一人の武士がその面前で多襄丸（たじょうまる）と呼ばれている男に妻を強姦され、その後、この武士が死体となって発見されたという事件に関し、事件当時現場にいた三人の当事者、すなわち、多襄丸、強姦された人妻の真砂（まさご）、死体となった武弘（たけひろ）の死霊が、お互いに自分たちに不利益な内容のことを話し、いずれも、武弘が死んだ責任は自分にあると主張したまま終わっているものです。多襄丸は、被疑者として検非違使（けびいし）に身柄を拘束され、その尋問に対して自分が殺人を犯したと自己の犯行を認めて詳細に自白しました。これに対し、真砂は、清水寺に現れて、被害者である武弘を殺したのは自分であると懺悔し、他方、巫女の口を借りた武弘の死霊は、自分は多襄丸や真砂に殺されたのではなく、自ら手を下した、すなわち自害したと話しているのです。

この短編小説は、関係者七名の供述、陳述といったものが

検非違使に問われたる木樵りの物語

検非違使に問われたる旅法師の物語

検非違使に問われたる*放免（ほうめん）の物語
検非違使に問われたる*媼（おうな）の物語
多襄丸の白状
清水寺に来れる女の懺悔
巫女の口を借りたる死霊の物語

の順番に羅列されているだけで終わっています。言ってみれば、事件関係者七名の供述、陳述の各内容が書かれているだけであり、真相が何であるのかということは書かれていません。**作者の視点からとらえた真相が書かれていないところに特徴**があります。

そこで、一般に、事件の真相がはっきりしないことを、この小説の題名や小説の中の犯行現場が藪の中であることからか、「真相は藪の中」などと言われています。

この小説の中の真相は何であったのか、犯人はいったい誰であるのか、そして、作者芥川龍之介はこの小説を通じて読者に何を伝えたかったのか。これについては、過

---

*放免　検非違使庁の最下級の職の一つ。また、その人。検非違使が軽い罪の者を許して手先に使った者。
*媼　年をとった女。老女。

去、主に文学関係者を中心に数多くの論評があります。
志村有弘氏は「真相は、結局、誰にも分からない」と論評し（「芥川龍之介伝説」平成五年一月）、駒尺喜美氏は「告白というものがいかに真実から遠いものか」と指摘しています（「芥川龍之介『藪の中』」昭和四十四年四月）。福田恒存氏は「事実、或は真相といふものは、第三者の目にはつひに解らないものだといふ事だ。」旨論評しています（「公開日誌〈4〉――『藪の中』について――」、「文学界」昭和四十五年十月号）。

しかし、このような論評で指摘されているだけのテーマであるのでしたら、互いに他人に罪のなすりつけをしている内容の話にして、人間の愚かさ、弱さを浮き彫りにすることも芥川はできたはずです。実際に世の中で発生している数多くの刑事事件では、他人に罪をなすりつけることが多いことは皆さんもよくご承知のとおりです。死刑になりたくない、刑務所に入りたくない、自分の罪を免れたいからです。むしろ、諸氏が述べているようなテーマであれば、あえて小説にする意義に乏しいとさえ言えなくもありません。

この**小説の特異な点は、多襄丸、真砂、武弘のいずれもが、他人に罪をなすりつけているのではなく、自分が犯人である、と述べているところ**です。ここに注目しなければなりません。

芥川がこの小説で何を言いたかったのかを理解するためには、芥川が綿密に仕立てた関係者の話を詳細に検討し、これらの証拠関係の下で合理的に認定できる事実は何であるのかを探求することから始める必要があります。その上で、関係者の話を再度この事実関係に照らして、誰が、どの事柄について虚偽の話をしているのか、なぜこの部分について嘘の話をしたり、自分に不利益な話をしているのかなどについて、その理由や心理を多角的多面的に検討することによって、初めて、芥川がこの小説を通じて訴えようとしたかったものがはっきり見えてくると思います。

私は、かつて検事として刑事事件の捜査と裁判に携わってきました。ですから、証拠からどのように事実を推認していくのか、関係者の話の信用性をどのように検討していくのかということは日常的課題でした。現在、弁護士として刑事事件の裁判に携わっていますが、現在の発想も全く同じです。

芥川が刑事事件の捜査ということを特に意識してこの小説を書いたとは思いません。しかし、芥川のこの作品の構成は緻密であり、言葉の表現も含めてしっかり計算されて書かれたものであることが分かります。

そこで、『藪の中』の真相が何であったのか、誰が犯人か、なぜ自分がやったとあえて嘘をついたのか、芥川はこの作品で何を伝えようとしていたのか、について、私なりの解釈を順に説明していきたいと思います。

二〇二一年七月二三日

村上　康聡

目次

第三章　真相についての考察

第四章　作者の真意について

第一章　関係者の話の概要

まず、この小説に書かれている関係者の話の概要から見ていきましょう。

◆検非違使に問われたる木樵りの物語

今朝、藪の中の人気のない所に、烏帽子をかぶったまま仰向けに倒れている死体を発見しました。胸元に突き傷があり、その傷口は乾いていて、死体の周辺には竹の落ち葉があります。太刀は見当たらず、死体のそばの杉の根がたに縄が一筋、また、死体のまわりに櫛が一つ落ちていました。草や竹の落ち葉は一面に踏み荒らされていました。現場は馬が入れない所であって、馬の通う道とは藪一つ隔たっています。

◆検非違使に問われたる旅法師の物語

死骸の男には昨日の昼ごろに会っています。馬に乗った女と一緒であり、太刀、弓矢を携えていました。矢は二十余りありました。馬は月毛の法師髪のようでした。

◆検非違使に問われたる放免の物語

昨夜の*初更(しょこう)ころ、自分が多襄丸を搦め取りました。彼は名高い盗人。馬から落ちた

---

*初更ころ　およそ現在の午後7時または8時から2時間をいう。

と思われます。多襄丸は、太刀をはき、弓矢を携えていました。携えていた矢の数は十七本。多襄丸が乗っていた馬は、法師髪の月毛でした。

◆検非違使に問われたる媼の物語

死体は、娘の夫で、その名は金沢武弘、二十六歳。娘の名前は真砂、十九歳。真砂は勝気な性格。真砂の男は武弘のみでした。武弘は若狭の*国府の侍であり、昨日、真砂と一緒に若狭へ立ちました。娘は行方不明となりました。娘を探して下さい。

◆多襄丸の白状

死体の男は私が殺しました。しかし、女を殺してはいません。女がどこへ行ったのかは知りません。昨日昼過ぎにこの夫婦に会いました。(馬に乗っていた)女の垂絹が上がってちらりとその顔が見えたとき、咄嗟に、男は殺しても女は奪おうと決心しました。が、できるだけ男を殺さずに女を奪おうと決心しました。しかし、あの駅路ではそんなことはできないため、二人を山の中へ連れ込む工夫をしました。そこで、男に「古塚から鏡や太刀がたくさん出た。誰も知らないように藪の中に埋めている。安い値で売り渡したい。」と言うと、二人は一緒についてきました。藪の前まで来たので、

*国府　日本の奈良時代から平安時代、令制国の国司が政務を執る施設(国庁)が置かれた都市。

男に「見に来てくれ。」と言うと、女は、馬も降りずに「待っている。」と言ったので、女を残したまま、男と藪の中へ入りました。杉の下に宝が埋めてあると嘘を言うと、男は先に進んで行きました。

竹がまばらになった杉のところへ来ると、矢庭に相手を組み伏せました。男は太刀をつけていました。男を縄で杉の根がたにくくりつけ、その口に竹の落ち葉を入れ、声を出せないようにしました。

その後、女のところへ戻り、「急病をおこしたらしい。来てくれ。」と言いました。女は、笠を脱いだまま、手を取られながら藪の奥へ入りました。縛られている男を女に見せたところ、女は、一目見るなり小刀（さすが）をいつの間にか引き抜きました。気性の激しい女でしたが、太刀も抜かずに女の小刀を打ち落としました。そして、男の命を取らずとも女を奪いました。

その上にも男を殺すつもりはなく、泣き伏した女を後に藪の外に逃げようとしました。すると、女は、突然、腕へキチガイのようにすがりつき、「あなたが死ぬか、夫が死ぬか、どちらか一人死んでくれ。二人の男に恥を見せるのは死ぬよりもつらい。」、「そのうち、どちらにしろ、生き残った男に連れ添いたい。」とあえぎあえぎ言いました。私はそのとき猛然と男を殺したい気になりました。

（私は）女と目を合わせたとき、妻にしたいと思いました。卑しい色欲ではありません。色欲のほかに望みがなかったら、女を蹴倒してもきっと逃げてしまっていました。

卑怯な殺し方はしたくありません。男の縄を解き、「太刀打ちしろ。」と言いました。男は、血相を変えたまま、太い太刀を引き抜き、口も利かずに飛びかかってきたので、私の太刀で二十三合目に相手の胸を貫きました。男が倒れると同時に、私は血に染まった刀を下げ、女の方を振り返りましたが、女はいなくなっていました。（私は、その後、）太刀、弓矢を奪って去りました。太刀は、都へ入る前に手放しました。女の馬はそのままにしておきました。

自分を極刑にして下さい。

◆清水寺に来れる女の懺悔

男は、手込めにした後、縛られた夫を眺め、嘲るように笑いました。（私は）夫のところへ走り寄ろうとしたところ、男に咄嗟に蹴倒（けたお）されました。その時、夫の目を見ました。その目は今でも身震いが出るような目で、蔑んだ冷たい光であり、私は、それに打たれたように無意識に何かを叫び、気を失いました。

気が付くと、男はいなくなっていました。竹の落ち葉の上に体を起こし、縛られている夫の顔を見ると、目の色は同じで、憎しみの色でした。恥ずかしさ、悲しさ、腹立たしさが起こり、よろよろ立ち上がりながら夫へ近寄り、夫に対し「こうなった以上はあなたと一緒にはおられません。私は一思いに死ぬ覚悟です。しかし、あなたも死んで下さい。あなたは私の恥を見ました。私はこのままあなたを一人残すわけにはいきません。」と言うと、夫は私を見つめるばかりでした。

夫の太刀を捜しましたが、なく、弓矢もありませんでした。私は、自分の足元に落ちていた小刀を振り上げながら「では命を頂かせて下さい。私もすぐにお供します。」と言いました。夫は、笹の落ち葉がいっぱいつまった唇を動かしましたが、声は聞こえませんでした。夫は、蔑んだまま「殺せ。」と一言言ったと悟りました。夢うつつのまま、夫の胸へ小刀を刺し通し、また私は気を失いました。

気が付き、辺りを見回すと、夫は縛られたまま死んでいました。私は泣き声をのみながら縄を解き捨てました。

私は、その後、死にきる力がありませんでした。小刀を喉に突き立てたり池へ身を投げたりもしましたが、死に切れずにこうしている限り、これも自慢にはならないでしょう。

◆巫女の口を借りたる死霊の物語

盗人は、妻を手込めにすると、腰を下ろしたまま妻を慰め出した。俺は、妻に「真に受けるな。何を言っても嘘と思え。」と何度も目くばせした。しかし、妻は笹の落ち葉に座ったままじっとしており、盗人の言葉に聞き入っているように見えた。俺はねたましさに身悶えした。

盗人は、妻に「一度でも肌身を汚したとなれば、夫との仲も折り合うまい。自分の妻になる気はないか。自分はいとしいと思えばこそ、大それた真似も働いた。」などと言った。妻は、うっとりと顔をもたげた。こんな美しい妻の顔を見たことはなかった。妻は盗人に「ではどこへでも連れて行って下さい。」と言って、盗人に手を取られながら藪の外へ行こうとするが、自分の方を指指しながら、盗人に「あの人を殺して下さい。あの人が生きていてはあなたと一緒にはいられない。」と叫んだ。狂ったように何度も叫んだ。盗人さえ色を失った。妻は、叫びながら盗人の腕にすがっていた。盗人は、妻を見たまま無言であり、竹の落ち葉の上に妻を一蹴りに蹴倒した。

盗人は、静かに両腕を組み、「あの女はどうするつもりだ。殺すか、助けてやるか。返事はただうなずけばよい。殺すか。」と言った。この言葉だけでも盗人の罪は赦してやりたかった。ためらっていると、妻は、一言叫び、藪の奥へ走り出した。盗人は妻に飛びかかったが、だめであった。盗人は、太刀、弓矢を取り上げると、一か所だけ俺の縄を切り、「今度は俺の身の上だ。」とつぶやき、藪の外へ姿を消した。

俺は、自分で縄を解き、泣いた。そして、妻が落とした小刀を手に取り、一突きに胸へ刺し、そこに倒れた。その後、誰かが小刀を抜いた。と同時に、口の中にもう一度血潮があふれてきた。

第二章　当事者の話の信用性判断基準

◆物的証拠の状況が検討できない

本件において、真砂の夫である武士の武弘が藪の中で死亡して仰向けに倒れていた事実、武弘が胸の刺し傷のために死亡した事実に争いはありません。

しかし、本件では、凶器が真砂の小刀であるのか、太刀であるのか、また、太刀であるとした場合に、それが武弘の太刀であるのか多襄丸の太刀であるのか、この点は判然としていません。真砂の小刀は発見されてなく、多襄丸が放免に搦め取られた際に持っていた太刀も、その形状や長さなどが分からず、これらの**物的証拠の状況が検討できない**からです。

ですから、**本件の真相は、結局、多襄丸、真砂、武弘のいずれの話が信用できるかにかかってくる**ことになります。

この点は、刑事事件の捜査や裁判における被疑者、被告人の供述の信用性、目撃者や関係者の供述の信用性の判断と同じ検討をすることになります。

ところで、供述というものは、全部が全部信用できるというものではありません。ある部分については正直に話していたとしても、自分に都合の悪い部分については嘘を述べたり、その供述を回避することは人間として普通のことです。特に、自分の利害に関する部分についての供述というものは慎重に検討しなければなりません。

一般に、供述の信用性を検討する場合には、
（１）客観的証拠や関係者の供述などに合致しているなど裏付けがあるか。
（２）供述内容が具体的であるか、詳細であるか。
（３）供述内容が途中で変わっているといった変遷があるか、変遷がある場合にはその変遷に合理的な理由が認められるか。
（４）本人しか知らないような内容が含まれていないか。
（５）その供述内容が第三者にとって不利益な内容である場合には、その第三者のためにあえて嘘を言わなければならないような特別の事情が認められるか。
（６）供述内容が、私たちの日常生活での経験則や一般常識に照らして合理性があるか、不自然なところはないか。
などの観点から多角的多面的に吟味する必要があります。

話しているときの態度も参考にはなりますが、その判断は主観的なものとなってしまうため、客観的合理性のある判断とはいえません。

本件では、多襄丸、真砂、武弘以外には事件の目撃者が誰もいないので、各人の話の信用性をどのように判断するのかにかかっています。そして、彼らの話は、いずれも具体的で詳細であって、変遷もしていません。ですから、結局、物的証拠や木樵り、旅法師、放免、媼の検非違使に対する話と矛盾していないか、話の内容に合理性があ

るか、不自然なところはないか、という観点から検討することになります。

そこで、これらのことを念頭に置きながら、多襄丸、真砂、武弘の話の信用性を検討していきたいと思います。

◆多襄丸の話の信用性について

多襄丸は、「武弘を殺したのは自分である。自分の太刀で相手の胸を突き刺した。」と話しています。

しかし、多襄丸の話には次のような疑問があります。

（1）死体の周りに真砂の櫛が落ちていたことについて

多襄丸の話では、死体の周りに真砂の櫛が落ちていたことについて、合理的な説明がつきません。武弘を太刀で貫いた際には真砂は既にいなくなっていたからです。

真砂の櫛が落ちていたことの原因について考えられることは、真砂が武弘の近くで激しい動きをしたか、あるいは、真砂が多襄丸に強姦された際にこれに抵抗して真砂の髪から落ちたことくらいです。それ以外の原因は普通では考えられません。

しかし、多襄丸の話では、武弘を殺す前の時点で真砂が武弘の前でもみ合うようなことは全く認められません。また、真砂を強姦した際には、武弘は杉の根に縛り付けられていました。ですから、武弘の死体の周りに真砂の櫛が落ちていたことについては、強姦された際に落ちた櫛の位置が多襄丸に突き刺されて倒れた武弘の死体のすぐ近くであったことの偶然性以外には考えられないことになります。

(2) 犯行態様について

多襄丸が話している犯行態様は、「太刀で貫く」という所作、すなわち、太刀で突き刺したというものです。しかも、突き刺した部位は「胸」ということです。ですが、太刀を使って相手を殺す場合の普通の方法は、斬り付けるというやり方です。

日本刀は刃が片方にあるという構造になっています。これは、フェンシングの剣などと違って、そもそも「斬る」、「切る」というのが本来の通常の用法であることを物語っています。しかも、相手も太刀を持っていて互いに太刀を使って闘っているのですから、もし突き刺すのであれば、胸骨などのない腹部を狙うのが自然です。ましてや、多襄丸は単なる盗人であるのに対し、武弘はいやしくも国府の侍ですから、武弘の方が太刀使用の知識、経験が格段に上であると思われます。その侍である武弘が太刀を使った決闘で盗人に敗れるものでしょうか。

しかも、多襄丸は、自分のことを「卑しい色欲ではない。」と話していますが、結局は、単に真砂が欲しいための色欲から武弘に闘いを挑んでいると言えると思います。

　これに対し、武弘は、妻を自分の面前で強姦されたという屈辱を胸に秘めながら、その犯した男を相手に闘っているのです。つまり、武弘の場合には、多襄丸と違って相手に対する「憎しみ」の気持ちが強いと言えます。武士や夫としてのメンツもあります。すなわち、武弘の意気込みは、多襄丸に対する憎しみと「決して負けられない」という思いの下にあります。ですから、その意気込みの程度は多襄丸に比べて格段に強いものです。そのような立場の武弘が「胸を貫かれて」殺されるのでしょうか。

（3）犯行の動機について

多襄丸の話によれば、真砂は、強姦されたにもかかわらず、「生き残った男に連れ添いたい。」と言ったことから、多襄丸は武弘に殺意を抱き、犯行に及んだことになります。

　そうであれば、武弘に勝った多襄丸は、真砂を妻にするのに邪魔者はいなくなり、しかも、真砂が事前に約束していたのですから、真砂を妻にすることには何の支障もないはずです。しかし、実際には、多襄丸は真砂を妻にできませんでした。それはなぜでしょうか。

　多襄丸は、武弘を殺して振り返ったところ、真砂は既にいなくなっていたということです。しかし、真砂は女であり、現場近くの地理には不慣れなはずです。どう考えてみても、多襄丸が追いかければ真砂を簡単に捕まえられたと思われます。多襄丸は人を殺すという大罪を犯しましたが、それは、あくまでも真砂を妻にするためでした。妻にしたいからこそ殺人という重大な犯罪を行ったのです。しかも、多襄丸は単なる盗人であって、これまで人を殺した経験があるともうかがわれません。検非違使に問われたる放免の物語の中に、多襄丸がほかにも殺人を犯しているかのようなことを述べている部分がありますが、これは単なるうわさ程度であり、裏付けられているものではありません。多襄丸とすれば、武弘を殺した以上、真砂の姿が見えなくなったとしても何としても真砂を探し出して、妻になることを迫るか無理矢理連れ去るものと思われます。それができない理由は特に認められません。

しかし、多襄丸は、真砂を妻にできなかったばかりか、犯行後、真砂を見失ったようであり、また、真砂を探し回ることをした形跡も何らうかがわれません。このことは、殺人の犯行に関する多襄丸の犯行動機の弱さを物語るとともに、犯行後の行動が不自然であることを意味しています。

〈4〉真砂の言葉について〈その1〉

それ以上に、そもそも強姦された女が、その被害に遭った直後に、犯人や夫の面前でこの二人に対して「生き残った男に連れ添いたい。」などと言うこと自体、著しく不自然、不合理なことです。

強姦の被害に遭った真砂は、もし、自分を犯した多襄丸ではなく夫と一緒にいたいのであれば、何も「生き残った男に連れ添いたい。」などと口に出す必要はなく、ただその場で泣いていればいいのです。そうすれば、場合によったら盗人の多襄丸はそのまま逃げ去った可能性も考えられます。

にもかかわらず、真砂があえてこのようなことを言ったというのであれば、真砂は心の中で既に夫ではなく多襄丸を選んでいた、つまり、少なくとも夫に対する愛情は冷めていたと言えなくはありません。

そうであれば、真砂は、武弘を捨ててそのまま多襄丸と一緒に逃げてもいいはずです。武弘は、真砂の夫であり、妻を面前で犯された武士としての屈辱、恥を負ってしまったため、このことについては自分の口から言わなければ第三者に分かるはずがありません。武弘が自分から第三者に言うことは考えられないのです。ですから、真砂とすれば、武弘をそのまま残して逃げても自分にとって不利ではありません。真砂は「男に拉致された。」と弁解できるし、武弘も真相を言うことができないからです。真砂が多襄丸と一緒になったとしても、武弘の恨みは、真砂ではなく、むしろ同じ男である多襄丸に向けられるはずです。真砂にとっては、多襄丸をその気にさせて黙って連れ去られればよかったのです。夫を生かしたまま逃げて多襄丸と一緒になったとしても、その非は多襄丸に向けられ、真砂自身が武弘や第三者に責められることは考えられません。

しかし、多襄丸の話では、真砂は多襄丸と一緒に逃げることはなかったのです。この点は、多襄丸の話の不合理な部分です。

（5）真砂の言葉について〈その2〉

真砂は「あなたが死ぬか、夫が死ぬか、どちらか一人が死んでくれ。」と言ったということです。しかも、泣き伏した直後に、突然、多襄丸の腕へキチガイのようにすがりつきながら、ということです。

しかし、強姦された女性が、これに嘆き、絶望の境地になりながら、自分を犯した相手に対して「自分を殺してくれ。」と言うのであればともかく、そうではなく、その犯した相手に対し「死んでくれ。」と要求するのは全く理不尽なことです。このようなことを言った際に真砂が犯した相手の腕にすがりつかなければならない理由も考えられません。すがりつかなくとも言えるからです。

また、真砂が「二人の男に恥を見せるのは死ぬよりもつらい。」と言ったとのことですが、夫の前で強姦される前に言うのであればともかく、強姦された後の言葉としては実に不自然、不合理な内容です。

真砂が、心の中で多襄丸が生き残ることを欲していたのでしたら、真砂は、多襄丸が武弘を殺した後に多襄丸と一緒に逃げるでしょう。しかし、真砂はそのようなことはしていません。真砂が一人で逃げる機会をうかがい、多襄丸を騙すために「生き残った男に連れ添いたい。」と言ったというのも考えにくいです。

他方、武弘が生き残る方を考えていたのであれば、真砂は「どちらが一人死んでくれ。」という言い方をせずに、武弘に「この人を殺して。」と言って多襄丸を殺すように言えばいいことです。

(6) 馬について

多襄丸の話では、「女の馬はそのままにして去った。」ということですが、多襄丸が放免に捕まった際に多襄丸が乗っていた馬は、放免の話によれば、真砂が乗っていたのと同じ法師髪の月毛の馬ということですので、多襄丸のこの部分の話は放免の話に符合しません。

(7) 二十三合目に刺したことについて

多襄丸の話で一番印象的なのは、武弘と太刀で闘ったときのことについてです。多襄丸は「わたしの太刀は二十三合目に、相手の胸を貫きました。二十三合目に、どうぞそれを忘れずに下さい。わたしは今でもこのことだけは、感心だと思っているのです。わたしと二十号斬り結んだものは、天下にあの男一人だけですから（快活なる微笑）」と言って、しきりに二十三合目という点を強調しているのです。この点は、馬から落ちていたところを放免に捕まったという実にみっともない捕まり方をしたために、自分の勇ましさを強調しようとして話しているのではないかと疑ってしまいます。

多襄丸の話には、このようにいろいろと不自然、不合理な内容が認められるのです。

◆真砂の話の信用性について

次に、真砂の話の信用性を検討してみます。

真砂は、「夫である武弘を殺したのは自分である。私の足下に落ちていた小刀で武弘の胸を刺し通した。」旨のことを述べて、自分の犯行であると話しています。

しかし、真砂の話にも、次のような疑問が出てきます。

（1）凶器について

真砂が話す本件の凶器である小刀が見つかっていません。

（2）武弘の口の中の落ち葉について

真砂の話では、笹の落ち葉がいっぱい口に詰まったまま木に縛られている武弘を刺したことになっています。

ところが、検非違使に問われた木樵りは、男の口の中に落ち葉が詰まっていたことについては何ら話していません。口の中に落ち葉が詰まったままでしたら、その状況は極めて不自然な姿ですから、死体の発見者や死体を調べたと思われる検非違使は気が付くのが自然です。もし口の中に落ち葉が詰まっていたのでしたら、それは何らかの人的作用によって口の中に押し込まれたものと考えられます。そして、そのこと自体から第三者による犯行の可能性が強く推認されると思われます。したがって、捜査を担当する検非違使は、この点について関心を持ってしかるべきであり、その上で木樵りその他関係者の事情聴取を行っているでしょう。にもかかわらず、木樵りはこの点について話していないのです。木樵りは、死体を発見したときの死体自体の状況だけでなく死体周辺の状況についても詳しく話していますので、口の中に落ち葉が詰まっていたことについて言い忘れたということは考えられません。

武弘がうつ伏せに倒れたのでしたら、その際の衝撃によって口から落ち葉が外に出てしまうことはあり得ます。しかし、木樵りの話では、武弘は「仰向け」に倒れていたということです。口の中に落ち葉が詰まったままの状態で仰向けに倒れたのでしたらら、落ち葉が口の中に遺留されているのが通常ではないでしょうか。

真砂自身も、刺した際やその後に武弘の口から落ち葉が外に出たということは話していません。

結局、死体の口には落ち葉など詰まっていなかったものと見るのが最も自然です。ですから、口の中に笹の落ち葉が詰まったままの武弘を刺したとの真砂の話は、裏付けがない上に、死体を発見した木樵りの話に符合していないと言えます。

（3）木に縛られた状態の武弘を刺したことについて

真砂は、木に縛られた状態の武弘を刺して失神し、その後、意識が回復して気がついたところ、「夫はもう縛られたまま、とうに息が絶えて」おり、「死骸の縄を解き捨てました。」と話しています。

ところが、武弘の死体は、先に説明したように地面に仰向けの状態で発見されています。

もし、木に縛られた状態で胸を刺されて死亡したのであれば、重力のある頭を支えている首の筋肉が弛緩し、頭は前方に垂れるものです。そのような状態のところを縛られていた縄を解かれたのでしたら、地面にうつ伏せの状態で倒れるのが自然です。

したがって、武弘が木に縛られた状態のまま刺されたというのは、死体の発見状況に照らして疑問が残ります。

（4）真砂の失神について

真砂は気の強い女性です。このことは、真砂の母親や多襄丸の話から認められます。夫を殺したと話している真砂の態度からも気丈であると言えましょう。

ところが、他方で、真砂は二度にわたって現場で失神したとも述べています。はたして、気の強い真砂が、ましてや自ら刺したとまで述べている真砂が本当に失神したのでしょうか。

失神した時期についても、真砂の話では、最初の失神は、多襄丸に手込めにされたときではなく、その後に夫の眼を見たときということであり、二回目は、夫の胸を小刀で突き刺した直後ということです。つまり、真砂は、夫の面前で多襄丸に女としての貞操を凌辱される被害に遭ったときには失神していないことになります。

しかし、夫の面前で見知らぬ野蛮な男に抵抗した末に犯される女性は、強いて姦淫されるときにこそ驚愕や極度の羞恥心から気を失うのが普通ではないでしょうか。それが、手込めにされたときではなく、姦淫行為が終わり、その後、夫の眼を見たとき失神したというのは私には納得できません。

（5）自殺の動機ついて

真砂は、多襄丸が去った後、夫に対して「自分は一思いに死ぬ覚悟です。」と言ったり、夫を殺した後も自殺する努力をしたようなことを話しています。真砂が自殺を決意するに至った動機が、夫の面前で他人に犯されたという「恥」、貞操を凌辱されたことによる深い衝撃によるというのでしたら、自殺の決意が相当程度強いものであったことをうかがい知ることができましょう。真砂にとっていわば絶望に近いことだからです。

では、このような強い自殺の決意を持った真砂は、なぜ自殺を遂げることができなかったのでしょうか。

真砂は夫を殺す前に自殺することは十分に可能でした。夫は木の根に縛りつけられているのですから、夫に制止される心配もないのです。つまり、夫を殺す前に自殺できなかったような客観的な事情は見当たりません。自らの命を絶つことは心の準備と堅い意志があれば成し遂げられるものだからです。このように見ますと、真砂は本当に自殺する気持ちを持っていたのでしょうか。

また、自殺の決意を持っていたのでしたら、自殺する前にあえて夫を殺さなければならない理由も必要性もありません。それどころか、真砂の話している自殺の動機自体が不合理な内容であって、その話を前提にすれば、そもそも自殺する理由も乏しいといえます。

屈辱を負ったのは、真砂自身です。夫の知らないところで犯されたのでしたら、夫に申し訳ないという気持ちになって自分を責めた挙げ句に自殺を考えてもあながち不自然ではありません。

しかし、夫の面前で犯され、夫に冷たい眼で見られたことが、なぜ「こうなった以上、一緒にはおられない」こととなってしまうのでしょうか。

自殺を決意するに至った動機自体についても、多襄丸に犯されたこと自体による衝撃のためであるのか、夫の面前で凌辱を受けたことについての深い衝撃のためであるのか、貞操を奪われたことについて夫への呵責ゆえなのか、武弘から冷たい眼を向けられたことから夫と良好な夫婦関係を続けていくことができるのかなどと今後の夫婦関係に多大の不安を抱いたことによるものなのか、あるいは、逆に、妻を守ることができなかったふがいない夫の態度に衝撃を受け、武弘に対する夫としての信頼を喪失してしまったためなのか、いずれともはっきりしません。不思議なことに、真砂はこの重要な点についてははっきりと話していないのです。

そもそも真砂を犯したのは多襄丸です。武弘は、ふがいない点はあったにせよ、真砂が犯されたことについて直接責められるべき理由はありません。責められるべきは犯した多襄丸の方です。実際に、真砂は、強姦の被害に遭ったことについて武弘を非難するようなことは一言も言っていません。

また、強姦の被害に遭ったこと自体や夫の面前で犯されたこと自体による精神的衝撃が自殺を考える動機となることは普通考えられます。しかし、真砂はそのようなことも一切話していません。

自殺の動機について真砂が話していると思われる部分は、多襄丸に犯された後に、武弘から向けられた冷たい眼に強い衝撃を受けたという下りです。無言で真砂を見続ける夫の眼は「憎しみの色」であり、「恥しさ、悲しさ、腹立たしさ」が起こったというのです。真砂が勝ち気な性格であることに照らせば、被害に遭った後の夫の態度の方に衝撃を受けるというのはうなずけないことではありません。逆に、そうであれば、真砂は感情の赴くままに行動する女というよりも、むしろ理性的であるようにさえ思われます。

ところで、妻が強姦されているのに夫が被害に遭っている妻に憎しみの気持ちを抱くことは通常は考えられません。憎しみの視線を浴びせたとすれば、それは、姦淫されていた際の真砂の表情、言動に嫉妬するようなことがあったからとしか考えられません。しかし、真砂が、顔見知りの者ではなく全く見知らぬ男から襲われているのに、多襄丸に対し性の快楽に身を任せていたということはまずあり得ません。真砂が多襄丸に連れ添って逃げていないことはこの現れです。

ですから、武弘が真砂を憎しみの色で見続けるということも普通では考えがたいのです。よしんば武弘が憎しみの気持ちを持って真砂を凝視していたと真砂が一方的に思ったとしても、真砂はそのような眼を向けられたことについて衝撃を受けたことは言っていても、そのことについて武弘を非難するようなことは何も言っていません。「あなたも死んでほしい。」と述べている部分を武弘を責める非難の言葉として口に出したものと解釈しても、武弘に対して、なぜそのような眼を向けるのか、そのこと自体について武弘を責める言葉を浴びせもしていないのです。真砂の言う「悲しさ」の気持ちについては、武弘にこのような眼を向けられたこと自体の悲嘆と理解することはできますが、その次の「腹立たしさ」の気持ちについては、このような感情が生じた根拠、理由について何も述べていません。強姦の被害に遭った妻に憐れみの眼を向けてくれなかったことに対して腹立たしく思ったと解釈することは、勝ち気な真砂の性格からして考えられないことではないでしょう。ですが、勝ち気な真砂のこの「腹立たしさ」の気持ちから彼女が瞬間的に自殺を考えたというのは、あまりにもパラドキシカル（逆説的）です。

自殺とは、言うまでもなく自己の人間的能力の完全否定です。自殺の根底には様々な動機が考えられますが、共通していることは「絶望の境地」でしょう。真砂の話を前提に考えた場合に想定できることは、真砂の「罪悪感」、又は、ふがいない夫で、しかも、思いやりのない視線で見つめる武弘に対する信頼関係の喪失による失意、衝撃ということでしょう。

ですが、先程述べましたように、「罪悪感」により絶望の境地に陥っていたのでしたら、この点に関する真砂の内面の赤裸々な告白があってしかるべきです。ましてや、真砂は、検非違使ではなく清水寺に現れて「懺悔」しているのです。しかし、真砂はこの点について何も語っていません。このような真砂の話している態度からは、罪悪感を抱いて悩んでいた状況がうかがわれないのです。

他方、夫に対する信頼関係の喪失による失意はあったにしても、勝ち気な真砂がこれだけの理由で自殺を決意するに至るほどの動機になるのも考えがたいところがあります。夫と「一緒にはおられない」のであれば、武弘と速やかに別れてもいいはずです。それがなぜ「自分は一思いに死ぬ覚悟である」ということになるのでしょうか。ふがいない夫のために自殺までする理由も必要もないからです。

結局、真砂の話している自殺の動機は、不合理で飛躍があり、理解に苦しむ内容のものといわなければなりません。

（6）自殺の失敗について

真砂の話からは、強姦されたことによる衝撃よりも、武弘に対する憎しみの気持ちの方が強かったことがうかがわれます。憎しみの本当の原因が何であれ、これほどまでに憎しみの気持ちを述べている以上、真砂が武弘を憎んでいたことは否定できないと思われます。

しかし、だからといって真砂が武弘に「命を頂かせて下さい。」と言った後に「私もすぐにお供します。」と言ったというのは理解できません。憎いと思い、この世に現在していては自分の悩みの種と思われるその相手を殺し、その命を永遠に奪ってしまえば、もはや相手のために悩む必要はなくなり、殺した後に自らも死ぬ必要はどこにもないからです。

夫を殺して自分も自害するというのは、いわば無理心中です。心中は、相手と対抗関係にあるのではありません。無理心中の場合には、三角関係のもつれから自分を裏切った男を殺して自分も死ぬというように、相手の意とは無関係に行われますが、この場合には、相手に対する憎しみというよりは、相手を永遠に自分一人の手中に独占したいという強い自我、独占欲、支配欲による場合が多いです。憎しみだけならば、何も自殺までする必要はありません。この世の中から抹殺したい相手がいなくなったとき、人間は喜びを感じるのが普通なのです。殺したいと思った相手が永遠にいなくなったのに、苦しみの種がなくなったのに、自分がその者のために自害しなければならない理由は全くありません。憎しみの気持ちから相手を殺すということは、自分が生きることが前提なのです。生きるために邪魔な相手を永久に葬り去るのです。

しかも、心中とは、ある意味では創造的な行為です。人間は、そもそも、夫婦や恋人であっても、同時に死ぬということは自然死の場合には考えられません。事故や災害でなければ、たとえ相思相愛の仲であっても死の同時性ということはあり得ないのです。だからこそ、故意による心中というものは、人工的、創造的行為である同時性の死という点において誠に美的なものであり、相手に対する恨みや憎しみの気持ちとは相容れないものなのです。

したがって、真砂の場合、武弘に強い憎しみの気持ちを抱いていたことを前提にすれば、真砂の自殺、しかも、相手を殺した上での自殺ということは考えがたいのです。

現に、真砂は、夫を殺して自害するつもりであったと言いながら、夫を殺した後に実際に死んではいません。自殺を遂げられない事情も特に認められません。真砂はただ
「そうしてわたしがどうなったか?それだけはもうわたしには、申し上げる力もありません。」

と述べているだけであって、いわば核心に触れる部分の話をあえて避けている感じがします。死ぬのが恐ろしくなったからか、元々死ぬ気などなかったからなのか、のどちらかでありましょう。しかし、真砂の口からは「死ぬのが恐ろしくなった」というようなことは述べられていません。真砂の話では、武弘に対する殺害の意思よりもむしろ自殺の決意の堅さが強調されています。

「あなた。もうこうなった上は、あなたと御一しょにはおられません。わたしは一思いに死ぬ覚悟です。しかし、――しかしあなたもお死になすって下さい。あなたはわたしの恥を御覧になりました。わたしはこのままあなた一人、お残し申す

訳には参りません。」
そんな勝ち気な真砂が、武弘殺害の意は遂げたものの、それよりももっと堅く決意していた自殺を死の恐怖から失敗するとは考えられません。通常の人間であれば死ぬのが恐いのは当たり前のことですが、真砂は人殺しまでした女です。その真砂が自害するのが恐ろしくなったとは考えられないのです。

　では、なぜ自殺に失敗したのでしょうか。人間、本気で死ぬ気になれば死ぬことは難しいことではありません。ですが、死にたいほど絶望の境地に陥ることはあっても、恐ろしくて死ぬことができないこともあります。このようなことは誰しも経験しているところでしょう。ポーズとしての自殺行為を行い、わざと失敗させることもあります。「生の肯定」をするための自殺未遂と言ってもいいと思います。そのポーズは、自分一人の場合には行わない。第三者がいる場合であるとか、第三者に打ち明けて同情や関心を引くためのものである場合がほとんどでしょう。

　真砂の場合も、真剣に自殺までは考えてなく、世間の同情を引くために自殺したかったことを強調しているように思えてなりません。

　このように、真砂が自殺を考えていたと述べている部分には多大の疑問が残るのです。

（7）武弘を殺す動機について

武弘を殺す動機について、真砂は武弘に対して「私の恥を見た以上、あなたを一人残すわけにはいかない。」などと言ったとのことです。しかし、この動機も薄弱です。

武弘が真砂の恥を見たということだけのことで死ななければならない理由はありません。これはあまりにも身勝手で理不尽なことです。真砂が一思いに死ぬ覚悟であったにしても、だからといって「あなたも死んでほしい。」ということで武弘が死ななければならない理由にはなりません。

武弘は真砂に侍として又は夫としてのふがいなさを指摘されて責められているのではありません。武弘も多襄丸に被害に遭った被害者の一人です。それを妻の恥を見たからといって死ななければならない道義的責任もありません。

それを、更に一歩進んで、真砂が自分の恥を見られたからという理由だけで自らの手で夫を殺害することまでしなければならないというのはあまりにも飛躍的であって、著しく不合理です。

これまでも述べてきましたように、真砂が当時武弘に憎しみの気持ちを抱いていたことは、真砂自身が強く話している以上、これを否定することはできそうもありません。そうであれば、真砂は殺す前にその憎しみの気持ちを夫に言葉で浴びせてもよさそうなものです。真砂の話を前提にしますと、本件は激情のあまり咄嗟に殺意が生じて行われた偶発的犯行のようです。そうであれば、本件はまさに憎しみの感情の赴くままに、理性で抑制しきれずに行われたものと思われます。計画的犯行に比べて偶発的犯行は、一般的に、感情を理性で抑えきれずに爆発して行われるものです。

ところが、真砂の場合には、「私の恥を見た以上」という言葉で粉飾し、自らの武弘に対する憎しみの気持ちが生じたと言いながら、この不満については武弘には何も言わず、単に「私の恥を見た」とだけ指摘して刺したと話しているのです。

しかも、真砂は、

「わたしは一生懸命に、これだけのことをいいました。」

と述べた上で、

「夫は忌まわしそうに、わたしを見つめているばかりなのです。私は裂けそうな胸を抑えながら、夫の太刀を探しました。」

などと言葉を続けています。これを見る限りでは、真砂は比較的冷静に自分の感情を抑えながら行動していることが認められるのです。憎しみの気持ちを言葉に出したとしても、その気持ちが本当のものでしたら何も別に真砂にとって不利なことでもありません。にもかかわらず、真砂が憎しみの気持ちを内に秘めつつ刺したというのは、いったいどういうことなのでしょうか。激情的、感情的になりながら何というこの冷静さでありましょうか。

真砂は、ここにおいて自ら犯行動機の虚偽性を露呈していると思われます。

では、なぜ真砂は犯行動機について不自然、不合理な内容のことを話しているのでしょうか、また、言わなければならなかったのでしょうか。この点は本件の真相に大きく直結するものと思われます。

(8) 武弘の「殺せ」との唇の動きについて

真砂は、声は聞こえはしなかったものの武弘の唇の動きで「わたしを蔑んだまま、『殺せ。』と一言いった」と「忽ちその言葉を覚りました。」と話していますが、笹の落ち葉が口の中にいっぱい詰まっている状況で唇だけが動いているのを見てたちまちにしてこのように理解したという根拠にも乏しいと言えます。

(9) 縄を解いたことについて

真砂は、武弘を小刀で刺し、死んだことを確認した後、武弘を縛ってある縄を解き捨てたと話しています。

しかし、わざわざ殺した後に縄を解いた理由が分かりません。真砂はその理由を述べることもしていません。縄を解かずにそのまま去ってもいいことです。にもかかわらず、真砂は「泣き声を呑みながら」死骸の縄を解き捨てたと、わざわざ話しているのです。死体のそばに縄が解かれて落ちていたことは、既に木樵りの話で明らかになっていることです。ですから、真砂が縄を解いた理由を説明していないのは、第三者が解いたのを辻褄を合わせるために真砂が自分で解いたと嘘をついているのか、自分が解いた理由を説明できない何らかの事情があるとしか考えられません。後者である場合には、それは犯行動機にも関わってくる問題でもあります。

（10）「泣き声を呑みながら」について

真砂は、縄を解いた際に「泣き声を呑みながら」と説明しています。泣き声を出さんばかりという真砂の内心の感情はここに至って初めて登場します。多襄丸に強姦されたとき、その直後に夫のもとへ走り寄ろうとして多襄丸に蹴倒されたとき、夫の眼を見たとき、自殺を決意したとき、殺害を決意したとき、犯行に及んだとき、小刀を胸に刺したとき、などの時点で真砂が泣き声を出したとか泣き声を出さんばかりの気持ちになったというような心境については、真砂は全く述べていません。この点は特に注意を要するところです。先に述べましたように、当時の真砂の気持ちは、悲しさよりもむしろ「腹立たしさ」の気持ちの方が強いと述べているからです。

では、縄を解いたとき、真砂はいったい何について泣き声が出そうになったのでしょうか。また、なぜ泣き声を出さずに呑んだのでしょうか。これらの点も不可解です。

（11）清水寺に行ったことについて

真砂は、検非違使ではなく、清水寺に現れて、そこで「懺悔」しています。このことだけを見ると、一見、真砂は真摯に悔い改めて赤裸々に告白しているように見えます。

しかし、はたしてそうでしょうか。

検非違使とは、八一〇年、嵯峨天皇の時代に作られた京都の治安維持に当たる組織です。検非違使は、後に訴訟や裁判も行うようになり、八二四年に検非違使庁が設けられるまでになります。本件の捜査又は裁判を行っているのはこの検非違使であることは明らかです。

したがって、実際に殺人という大罪を犯し、これについて悔いているのであれば、まず何よりも検非違使に自首したり出頭するのが筋でしょう。この時代においては、たとえ自首したといっても必ずしも刑が減軽されるとは限らなかったようです。しかし、それでも、真砂の話を前提にすれば、世間の同情を引く話ですので、減軽される可能性の方が高かったものと考えられます。

もっとも、真に仏心が生じて悔い改めようと謙虚に改心したのであれば、自分の刑がどのようなものになろうとも、そのような目先の現世利益は一切関係がないはずです。

また、真砂は若狭の国府の侍の妻です。国府とは、公務所のようなところです。ですから、律令時代になり、法秩序を守らなければならない国府の侍の妻が法秩序に真っ向から反する殺人を犯したのであれば、検非違使に自ら出頭するのが当然のことであって、そうすることが若狭の国府の名誉、信用のためであると同時に、検非違使の管轄内に住んでいると思われる真砂の母のためでもあると思われます。

しかし、真砂は検非違使に自ら出頭することをせず、若狭に向かっていたにもかかわらず、引き返して京都の清水寺に現れたのです。母にも会わずにです。

当時、清水寺のような寺院は、不輸租（租税の免除）の権利と国司などの権力者の立入禁止の特権を有し、それが次第に国家の警察権力の立ち入りまでも拒否し、治外法権（法律や制度が適用されない状態）のような扱いを受けるようになっていました。ですから、たとえ検非違使であっても、寺院の了解なしにはその敷地内に立ち入ることができなかったのです。したがって、清水寺に言わば逃げ込んだ真砂は、検非違使や放免に身柄を拘束されたり取り調べられたりすることを回避できる可能性があったのです。このことは、国府の侍の妻である真砂はよく知っていたことでしょう。

さらに、清水寺は、七七八年に開創された後、七八〇年、坂上田村麻呂が妻の安産祈願のために鹿狩りに登山し、音羽の滝の清水に導かれて滝上に宿泊した際、練行中の賢心（奈良で修行を積んだ僧）に会い、殺生の罪を諭され、妻とともに観音に帰依し、十一面千手観世音菩薩を安置して創建した北法相宗の寺です。したがって、本尊は十一面千手観音です。法相宗は、唯識論を基本とする宗旨であり、当時台頭していた最澄の天台宗や空海の真言宗とは異なる南都六宗の一派に属していました。

真砂はこのような清水寺に現れて懺悔したというのです。

ところで、「懺悔」とは、仏教読みで「さんげ」と読みます。「懺」とは、悪いことをしたとき心から謝ることであり、「悔」とは、後に悔やむことです。懺と悔の心が湧き起こって浄化されることによって、仏の前に自らを投げ出して帰依することになるのです。

観世音菩薩は、阿弥陀仏の左の脇侍であり、慈悲を旨として阿弥陀の教化を補助するものです。

ですから、懺悔というものは、観世音菩薩の前で経を読むなどして、仏の前に敬虔な気持ちですべてを投げ出して行わなければならず、見返りの現世利益を期待するようなことがあってはなりません。

ところが、真砂の「懺悔」は、仏の前で仏に対して行っているものなのか疑問があります。また、真砂の言葉の中には「懺悔」に相当する言葉が見当たりません。

真砂は、

「大慈大悲の観世音菩薩も、お見放しなすったものかも知れません。」

「わたしは、一体どうすれば好いのでしょう?」

などと言って泣いているだけです。

これが「懺悔」の言葉と言えるのでしょうか。懺悔する者は、すべてを仏に帰依するのですから、観世音菩薩の功徳に疑問を呈したり、どうしたらいいのかなどと口にするものではありません。どうすればいいのか。それは、ひたすら観世音菩薩にすべてをお任せして悔い改めることです。しかし、真砂の言葉の中には、殺人行為を悔いている言葉も、改心した言葉も全くありません。髪のたぶさ（髪の毛を頭上に集めて束ねたところ）を切って出家している様子もありません。

それどころか、真砂は、これまで述べてきたような不合理な内容の話をし、あるいは、隠したり嘘をついている様子がうかがわれます。

しかも、多襄丸は現に検非違使に身柄を拘束されて刑罰を受ける状況に置かれているのですから、この冤罪から多襄丸を救い出すためにも、真砂は自ら検非違使に出頭して真実を述べるのが倫理の要求する真の懺悔の前提ではないでしょうか。真砂は、多襄丸が無実の罪で処罰されることになって構わないのでしょうか。真砂の「懺悔」の中には多襄丸の現在の立場、境遇を気遣う言葉さえも皆無なのです。

これでは、とても懺悔とは言えません。

ですから、清水寺に現れて懺悔しているからといって、そのこと自体から真砂の話がすべて真実であるということにはならないのです。

このように、真砂の話も、武弘に対する憎しみの気持ちについては理解できますが、真砂の述べている殺害の動機はあまりにも唐突であって、不自然であるとともに、自殺を決意していたことについても多大の疑問があるのです。

◆武弘の話の信用性について

最後に、武弘の話の信用性を検討してみます。

武弘は「真砂が落とした小刀を胸に刺して自害した。」旨のことを述べています。

しかし、武弘の話にも、次のような疑問があります。

(1) 武士の自害の方法について

武士の自殺というものは、正座のまま太刀、脇差し又は小刀により切腹するというのが通常の方法と思われます。

切腹とは、両手に握った刃物の切っ先を気合いもろとも腹部の左側に深く刺し、これを右側に引き廻して腹中を切り裂き、出血多量で致死する武士の自害の方法です。

武士としての威厳や体面を保つための儀式としての自害の作法であるため、倒れ方においても、仰向けにひっくり返るのはみっともないこととされており、前のめりにうつ伏せに死を遂げるのが威厳のある恰好とされています。

戦さの場合には敵将の首を切り落とさなければ戦さに勝った証拠とならないので、

自らの敗北を覚悟した武士は、敵に斬首される前に、切腹した後、その刃物を抜いて自らこれを自分の首筋に当て、頸動脈を切り付けて果てる方法を採っていました。

武士というものは、死に至るまで武士としての威厳、体面、メンツを固持していたのであり、これが「武士道」と呼ばれていたものです。

ところが、武弘は、自害する前に正座していた形跡がない上に、小刀で胸を突く方法によって死を遂げているのであって、切腹をしていません。

もっとも、平安時代の中期頃にこのような「武士道」なるものが成熟されていたのかどうかは疑問です。また、武弘は国府の侍にすぎず、後世の武士とまでは言い切れない部分があるのも否定できません。

しかし、武弘は、後で述べますように、むしろ、武士以上に男として、また、真砂の夫としての誇り、体面を強く意識していたことがうかがわれます。そうであればこそ、自殺するのであれば、武士としても、また、男としても、真砂の夫としての立場からも、みっともない恰好では死ねなかったはずです。みっともない恰好で自害すれば、武弘は、それこそ、盗人に太刀で負けた挙げ句に妻を面前で強姦され、その末に惨めな憤死を遂げたものとして、恥さらしの男と評判になるでしょう。

そのようなことを武弘があえてするでしょうか。

木樵りの話によれば、武弘は「仰向け」に倒れていたのですから、武士として実にみっともない恰好で最後を遂げたことになります。

また、自害する者にとって人間として行う最後の選択は、自殺の「方法」です。刃物を使って死ぬにしても、腹を切る方法、首の頸動脈を切る方法などいろいろと考えられます。その中で共通していることは、できるだけ苦痛を伴わずに、しかも、確実に死を遂げられる方法でしょう。

では、武弘の場合はどうでしょうか。

武弘は、小刀で胸を一突きに突き刺したと述べています。しかし、胸には胸骨があり、これを自分の手で突き刺して自害するというのは、かなりの腕前でなければ難しいと思われます。ですから、骨などに邪魔されない腹部を刃物で突き刺すか切ったり、首筋の頸動脈を切り付ける方法の方が刃物を使った自害の方法として自然なのです。

したがって、武弘が武士であること、自殺の態様、方法、刃物を突き刺した部位、倒れ方などに照らしますと、武弘が自刃したとの話は信用しがたい点が残ります。

武弘が自殺したという話は、武士として、また、真砂に捨てられた夫や男として誠に惨めな死に方を選んだことなり、この点から見ても、武弘がこのような態様で自害した動機としては納得しがたいところがあります。

武弘の胸に刺し傷があったことと仰向けに倒れて死んでいたことは客観的に動かしがたい事実であるため、武弘は、これに符合させるために辻褄を合わせようとしてかえって無理な内容を述べざるを得なかったものと思われます。

（2）武弘の自殺する理由について

武弘の自殺した理由がよく分かりません。武弘は、自殺した動機、理由について何も言っていないからです。そのこと自体、極めて不自然です。

盗人と太刀打ちしてそれに負けた挙げ句に、縛り付けられ、その面前で妻が強姦されるのを見せつけられたことは、武弘にとってかなり屈辱的であったことは事実でしょう。そもそも、多襄丸が言うように、古塚から出てきた鏡や太刀を藪の中に埋めているのでこれを安い値で売り渡したいとの多襄丸の言葉に安易に乗ってしまい、妻を一人藪の外に残したまま多襄丸と藪の中に入っていったというのが事実であれば、欲に目が眩み、そのために妻の身の安全を省みなかった武弘のこの態度はあまりにも愚かなものです。

武弘は、このような自分の惨めさ、愚かさに対する自責の念と日本独特の「恥」の意識のために絶望の境地に追い込まれ、このままでは武士として、真砂の夫として、また、男としてこの先を生きていくことはできないと悲観して自殺したとでも言いたいのでしょうか。

ですが、このような動機で自殺することの方が、ますます武弘を惨めにさせるだけであって、世間の同情を引くことにもなりません。

あるいは、真砂から盗人に「あの人を殺して下さい。あの人が生きていてはあなたと一緒にはいられない。」などと叫ばれたり、真砂に逃げられたりしたということが、妻に見捨てられた愚かな男として武弘を自殺にまで追い込んだ動機とでもなったのでしょうか。

そうであれば、むしろ、自殺ということよりも、まず真砂に対する強い憎しみが湧き上がってくるので自然でしょう。事実、武弘は

「妻の罪はそれだけではない。それだけならばこの闇の中に、いまほどおれも苦しみはしまい。」

などと、真砂に対する憎しみの情を述べています。

武弘は真砂に「殺して」などと言われる理由も必要もないわけであって、真砂がどうして武弘に対して殺意を抱くようになったのか、また、不甲斐ない点はあったにしてもどうして夫である自分をこの場で捨てようとするのか、これらのことについて武弘が真砂に問い詰めて確かめることもせずに、単に嘆き悲しみ、自尽したというのはあまりにも唐突です。

真砂を探し出し、自分の非を詫びるなどして寄りを戻すことも不可能ではありません。真砂が「あの人を殺して下さい。」と叫んだのも、女として一時の激情にかられ、真意とは異なり、単に自己の悲嘆さを表現するために発した言葉であったかもしれません。

いずれにしても、真砂にその真意を質してから自らの処遇を考えることもできたの

ですから、武弘が直ちにその場で自害しなければならない程に追い込まれていた状況は認められないのです。

　更に一歩進んで、武弘が真砂に先程のような言葉を吐かれたのでしたら、自殺などせず、逆に真砂に対し殺意を抱いても不自然ではありません。

　実際に、武弘は、多襄丸から真砂を「殺すか、それとも助けてやるか。」と尋ねられた際、答えをためらっていたことを述べています。真砂に殺意を抱かなかったら、ためらうことなく真砂を助ける方を選択するでしょう。そして、首を横に振ってその旨を直ちに多襄丸に伝えることができたはずです。ところが、武弘はためらったのです。

　武弘が真砂に対し殺意を抱いたのでしたら、真砂が突然逃げ出し、多襄丸も武弘を縛ってある縄を一か所切って逃げ出したのですから、武弘は、自分で縄を解いた後にすぐにでも真砂を追い掛ければ、時ならずして真砂を探し当てて追いつくことが可能であったものと思われます。そして、その後に真砂を問い詰めた末に、武士としての威厳を保つため、真砂を自らの手にかけてその場で殺すことも十分できたはずです。しかも、真砂は藪の奥へ走り出し、他方、多襄丸は藪の外に姿を消したのですから、武弘は多襄丸に邪魔されることなく容易に真砂に追い付くことができる状況にあったのです。

　にもかかわらず、武弘は、真砂を追い掛けることはしないで、自分で縄を解いた後、泣いた末に自刃するのです。

このような武弘の話している動きは、真砂に対する憎しみの気持ちが沸き上がった者の行動として、あまりにも短絡的で唐突であるというほかなく、不自然に思われます。

（3）真砂の櫛が落ちていたことについて

木樵りの話では、死体の周りに真砂の櫛の落ちていたことが認められます。この点については、武弘が、縛られている縄を多襄丸に一か所切られた後に自ら解いて立ち上がり、真砂の落とした小刀のところまで歩いて移動し、そこで自害したというのであれば、小刀が落ちていた付近に真砂の櫛も一緒に落ちていた可能性もあり、あながち不自然ではありません。

また、真砂が、武弘を殺すように懇願して多襄丸の腕にすがり、多襄丸から竹の落ち葉の上に蹴倒されたときに、小刀の落ちていた近くに櫛が落ちたことも考えられます。

しかし、死体の側に真砂の櫛が落ちていたことは、このような偶然性以外の意味は持たないのでしょうか。この点は疑問が残ります。

もっとも、武弘はこの櫛のことについては何も述べていません。

（4）多襄丸の心境について

武弘の話では、多襄丸は、真砂を強姦した後、「自分の妻にならないか。」と言い、真砂から「どこへでも連れて行って下さい。」と言われて一緒に手を取り合って武弘のところから離れて逃げ出そうとした際、急に真砂から武弘を殺すように依頼され、その後、無言のままじっと真砂を見つめた末に真砂を一蹴りに蹴倒し、武弘に対して「あの女はどうするつもりだ。殺すか、それとも助けてやるか。」と尋ねていたということです。

ということは、多襄丸は、真砂を蹴倒した時点で、伴侶にしたいと思っていた真砂に対してその気持ちが急に失せたことになります。あるいは、一歩進んで、真砂に対し一転して殺意を抱くようになったとも考えられます。多襄丸は、武弘に真砂を殺すかそれとも助けるか質した後に、「返事は唯頷けば好い。殺すか？」との言い方をしているからです。多襄丸は武弘に対して暗に真砂を殺すことを選択させるような聞き方をしているのです。

ところが、多襄丸のこの心境の変化についても理解しがたいところがあります。欲望にギラギラした野獣のような多襄丸がこんな簡単に心変わりをするものでしょうか。

また、多襄丸とすれば、真砂を奪うために、また、武弘の太刀などを奪うために武弘を殺すことは容易であったはずです。にもかかわらず、武弘の話を前提にすれば、は不自然なのです。
武弘をあえて殺していない多襄丸が、武弘に対して真砂を殺すかどうか尋ねているの

（5）多襄丸が「妻にならないか」と問うことについて

さらに、そもそも真砂を強姦した男が真砂の夫の前で彼女に「妻にならないか。」と言うこと自体、著しく不自然です。

過去に全く面識がなく、行きずりに過ぎない女を屋外で犯した者が、自己の欲望を遂げた後に相手の女に対して伴侶になるように言うこと自体、通常では考えられません。

また、妻にしたければ、力を喪失している真砂をそのまま奪って逃げればいいだけのことです。武弘は縛られているので、多襄丸にとって女を連れ去ることはとても容易なことです。

ところが、このようなことをせずに、わざわざ真砂にうかがいを立てているのです。もし真砂から「嫌です。」などと言われたら多襄丸はどうするつもりだったのでしょう。

結果的には、真砂は「どこへでも連れて行って下さい。」と言って多襄丸に手を取られながら藪の外に行こうとしたのですから、多襄丸に対して妻になることを同意したものと思われます。

しかし、多襄丸がうかがいを立てた時点では真砂に妻になってもらうことを拒否される可能性の方が客観的には高いでしょう。多襄丸もそのことは認識していたはずです。真砂を自らが暴力で犯しているからです。そうでなければ何もわざわざ真砂にうかがいを立てる必要などないのです。

（6）多襄丸の言葉について

また、多襄丸は、真砂に対して妻になるように言った後、「自分はいとしいと思えばこそ、大それた真似も働いたのだ。」と言ったとのことです。これはいったいどういう意味なのでしょうか。

真砂を愛しく思い、妻にしたいと思ったからこそ、武弘と太刀打ちしたという意味であれば、武弘を縛った後に嫌がる真砂を武弘の面前で犯す必要はなく、これは多襄丸が真砂を口説くための詭弁と言うしかありません。ですが、先程述べたように、多襄丸はそのようなことをしなくとも真砂を連れ去ることができたのですから、多襄丸があえてこのようなことを言った理由という観点からも武弘の話には疑問があります。

（7）真砂の言動について

武弘の話では、多襄丸から妻にならないかと言われた真砂は、うっとりと顔をもたげ、どこへでも連れて行くように言ったとのことです。

しかし、夫の面前で凌辱の被害に遭った女性がこのようなこと言うことは、それ自体極めて不自然、不合理なことです。

また、真砂が母親のことを気にもかけないで盗人で自分を犯した男にどこへでも連れて行くように言い出すことも普通では考えられないことです。ましてや、真砂が多襄丸に武弘殺害を依頼した動機も唐突であって、理解に苦しむものです。

武弘の話では、真砂は多襄丸に「あの人が生きていては、あなたと一しょにはいられません。」と言って夫殺しを依頼したということですが、仮に武弘がこのまま生きていたとしても、真砂が多襄丸と一緒に生きていけないことはないでしょう。武弘が生きていることは真砂にとっていったい何の支障があるというのでしょうか。武弘は多襄丸に力で負け、そして真砂が自分の意思で武弘を捨てて多襄丸を選んだのでしたら、武弘としてはどんな理由があるにせよ、それは仕方のないこととして受け入れなければなりません。しかし、それ以上に武弘が殺されなければならない理由はありません。真砂には、武弘を殺さなければならない程の差し迫った緊急性や必要性は何ら認められないのです。

真砂が武弘を捨てたとしても、その非は多襄丸の言を安易に信じて妻を一人残したまま多襄丸とともに藪の中に入り込んだ愚かな武弘にありますし、武弘は侍でありながら、盗人に太刀で負け、しかも、自分の目の前で妻が犯されるということの上ない屈辱を受けたのですから、武弘はこのような自分の恥を他人に自ら話すことは考えられません。

これに対し、たとえ武弘がこの失態を他言せずに、一人その屈辱を胸に秘めながら、手を取り合って逃げて行った多襄丸と真砂を探し回り、後日、二人の所在を突き止めて、二人に仕返しをすることも考えられるかもしれません。真砂は、このことを心配するあまり多襄丸に夫殺しを依頼したものと考えられなくもないでしょう。

そうであれば、既にこの時点で真砂は武弘を捨てて多襄丸を選んでいたわけですから、何もわざわざ多襄丸の隙を見て逃げる必要はありません。逃げるにしても、むしろ、この機会に多襄丸をうまく騙して彼に武弘を殺させてからの方が真砂にとって都合がいいと思われます。そのようなことをしないで、真砂が多襄丸に夫殺しを依頼し、多襄丸がそれをためらっている隙に逃げ出したというのは、真砂の言動として実に不合理です。

真砂は、武弘に聞こえるように叫びながら夫殺しを多襄丸に依頼していたということですが、この点についても、殺人という重大な犯罪を依頼するのに、殺したい相手に自分の意思をあえて聞こえるように言わなければならない理由もありません。

もし真砂が武弘を殺そうと考えていたのでしたら、真砂は、殺意を外部に表明した以上、多襄丸をうまく利用して武弘を殺したり、あるいは、自らの手で直接武弘を殺すのが自然です。武弘は縛られていたのですから、それができない事情は見当たりません。しかし、真砂はなぜ何もせずにそのまま藪の奥へ逃げ去ったのか、この点に関する真砂の行動があまりにも不自然、不合理であると思われるのです。

ですから、武弘の話で、真砂が武弘殺しを多襄丸に依頼し、その理由として、武弘が生きていたのでは多襄丸と一緒にいられないと言ったという下りも理解に苦しむところです。

（8）多襄丸の良心について

武弘は、「多襄丸は、真砂から武弘殺害を依頼された後に、急に態度を変え、色を失い、すがりつく真砂を蹴倒し、逆に、武弘に対して真砂を殺すか助けてやるか返事を聞いてきた。」とのことを話しています。

しかし、多襄丸は、真砂が気丈な女であることは、自分に小刀で立ち向かってきたことからもよく分かっていたでしょう。そんな真砂を妻にしたいと思ったにもかかわらず、武弘を殺すように言われたため、多襄丸がひるんだのでありましょうか。たとえ、真砂がこのような激しい言葉を口走ったとしても、多襄丸にとっては、この言葉は真砂が武弘ではなく自分を選んだ証しの言葉であると受け取って、むしろ喜ぶべきことではないでしょうか。そして、真砂が叫んでいるのを気にも止めずに、そのまま真砂を連れ去って逃げて行くのが自然ではないでしょうか。

それを、多襄丸は、どうして真砂を今後とも独り占めにできることを放棄するような言辞に態度を変えたのか、誠に不可解です。

多襄丸に、いわば良心というものが芽生えて、武弘のことが可哀想になり、武弘に同情するとともに、真砂を人間として許せなくなったために、武弘に対して「あの女はどうするつもりだ。殺すか。助けるか。返事は唯頷けば好い。殺すか？」と言ったのでしょうか。

武弘は、「この言葉だけでも盗人の罪は赦してやりたい。」とも述べています。本来であれば、武弘の多襄丸に対する憎しみの情は熾烈なものです。にもかかわらず、武弘も、多襄丸を赦す気持ちに変わったというのです。

この点だけを捉えてみますと、自分に不利益な、いわば犯人に対する宥恕の意を表している武弘の話は、だからこそ十分に信用に値すると考えられるかもしれません。ですが、そのように即断することは危険です。

武弘のこの話は、多襄丸にとって有利な内容のものであるのに、多襄丸は何も述べていません。

多襄丸は、女に「生き残った男につれ添いたい。」と言われたために武弘と太刀打ちして勝ちましたが、そのときには女の姿はなかったと言うに留まっています。

もし、多襄丸が良心を見せて女を許せないという気持ちになったのでしたら、その気持ちを多襄丸が偽る必要はありません。多襄丸は、たとえ自ら極刑を望んでいるとしても、このような良心に目覚め、武弘が可哀想であるという気持ちが起こったことを隠す必要は全くないのです。

このように、武弘の話にも不自然、不合理な部分が認められ、一概には信用できないといえます。

第三章　真相についての考察

私の認定した本件の真相についてお話ししましょう。

◆仮面の夫婦

武弘は、真砂が小刀でその胸を突き刺して殺したものと考えられます。

真砂と武弘は、互いに自尊心の強い仮面の夫婦でした。二人とも互いに相手に疑心を抱いているか、あるいは、心の通いがなく、形だけの静かな夫婦であって、互いに自らの本心を打ち明けるようなこともありませんでした。真砂と武弘は、自らの喜怒哀楽の欲求を極度に抑えながら互いに静かに生計をともにしていただけであって、その実態は仮面の夫婦であったと考えられるのです。

そこに欲望や本心をむき出しにした盗人の多襄丸が登場し、その結果、真砂は夫の面前でこの多襄丸の獣欲の餌食となったわけです。

真砂は、多襄丸から手込めにされ、それに性的快感を味わうとか、多襄丸のことを好きになって彼に連れ添いたいと思うようになったことはありません。真砂は、強姦の被害に遭い、しかも、夫の面前で犯されたので、深い精神的衝撃を受けたことは事実でしょう。

しかし、勝ち気な性格の真砂は、夫の面前で強姦されたこと自体に対する衝撃や屈辱感よりも、性に関するあからさまな欲望を一身に受けたことによる本音の世界に触れ、性の喜びはないものの、夫に対する征服感のような、夫には多襄丸のようなことはできまい、というような武弘を見下す真砂の本音の部分が一挙に吹き出るに至ったものと思われます。

もっとも、これはあくまでも真砂の内心の変化があって、外見的にはあくまでも「侍の可憐な妻が獣欲の餌食になった哀れさ」を夫の前、多襄丸の前で演じなければなりませんでした。そこで、真砂は、強姦の被害に遭った後に、たとえ本心ではないにしても、夫を救うために武弘のところに駆け寄り、縛られている縄を解いたのではないかと思われます。


多襄丸は、元々盗人ですから、真砂を犯した後は、武弘の太刀や弓矢を奪ってすぐに逃げ出し、藪の外にいた真砂が乗ってきた法師髪の馬に乗ってその場を離れようとしました。多襄丸にとっては、もはや真砂と武弘に用はありません。女を手込めにできただけでなく、侍から太刀や弓矢を奪ったのですから、それで目的を十分に果たしたのであって、それ以上に二人の生死や今後の境遇などは関係がないからです。多襄丸にとっては、武弘や真砂の着物を剥ぎ取って奪わなかったことが二人に与えたせめてもの温情と思われます。

ところが、多襄丸は、馬をも奪おうとした直後か馬に乗って逃げ始めたとき、真砂と武弘のことが気になってしまいました。武弘の目の前で妻の真砂を強姦した状況を見せつけていたからです。多襄丸は、この夫婦がその後二人だけになってどのような会話を交わし、どうなったのであろうかと興味が湧いてきました。そこで、多襄丸は、馬を別の場所に隠した上で、再度、藪の中に入り、隠れながら真砂と武弘の様子をうかがいました。

他方、真砂と武弘の夫婦は、藪の中に二人だけとなり、無言のまま互いに気まずい雰囲気となってしまいました。真砂は、突然の強姦の被害に多大の衝撃を受けていたものの、勝ち気な性格である真砂は、夫の力のなさ、ふがいなさを改めて実感したので、これまで仮面をかぶり続けてきた自分に対し、もはやこれが限界ではないかという気持ちになりました。とはいうものの、真砂は、多襄丸に力でねじ伏せられて木の根に縛り付けられていた侍の妻であることに変わりはないため、夫である武弘を気遣うとともに、夫のために貞操を守りきれなかったことに対し詫びる姿を見せるべく、武弘に対して「申し訳ありません。」などと言いながらその場で泣き始めたものと思われます。もっとも、真砂は、本当に泣いたのではなく、泣くふりの演技をして、これに対する夫の態度、様子をうかがおうとしただけでした。

これに対し、武弘は、欲に目が眩んで妻を藪の外に一人残したまま不覚にも多襄丸の言葉を信じて騙された挙げ句に、若狭の国府の侍でありながら、盗人にすぎない多襄丸に一方的に縛られてしまった上に、妻を強姦されてしまったこと、しかも、真砂が凌辱されているのを自分の目の前で見せつけられ、これに対して何もできなかったこと、侍の武器である太刀や弓矢をいとも簡単に盗人に奪われてしまったこと、自分のふがいないせいで被害に遭わせてしまった妻に縄を解いてもらって逆に妻に助けられたこと、などに対して、男として、侍として、また、夫としてこの上ない屈辱感、劣等感を強く感じ、強い自責の念にかられました。検非違使に被害を申告して多襄丸を捕まえてもらうことも、他人に被害を打ち明けることも、みっともなくてとてもできない、真砂ともこれからどのように夫婦としてやっていけるだろうかと途方に暮れてしまいました。

真砂は、かねてより武弘との生活に不満を感じ、既に夫に対する心は離れてしまっていました。これに対し、武弘はそんな真砂の本心など知らずに、いまだに自分を頼って愛してくれているものと思い込み、真砂に一方的な愛情を寄せていたかもしれないし、また、実は武弘の本心も真砂と同様に既に妻から離れており、ただ、国府の侍としての体面を保つために夫の役を演じていたに過ぎないのかもしれません。

いずれにしても、武弘は、強い屈辱感、劣等感、自責の念にかられながら、縄を解いてくれた上に貞操を守れなかったことについて謝罪している真砂の姿を見て、「すまん。」などと言って謝罪したのではないでしょうか。

◆真砂による殺意

真砂に縄を解かれた武弘は、立ち上がり、口の中に詰まっていた笹の葉を吐き出して、泣いている真砂のところに寄っていきながらこのような言葉を口に出したのではないかと思われます。武弘はそれ以上には何も言えなかったでしょう。

するど、真砂は、まだ貞淑な侍の妻を演じるため、「このままでは、あなたに迷惑をかけたことになりますし、今回のことは自分の恥でありますので、私はもはや生きていけません。責任をとって自害します。」などと言いながら、その場に落ちていた自分の小刀を手に持ち、これで自分の腹部を刺したり首に向けて頸動脈を切るような素振りを見せて自殺するふりをしました。これはあくまでも演技です。真砂の本心は自害する気持ちは全くありませんでした。真砂は、もしこのまま武弘が自分の自刃行為を止めなかったらどうなるだろうかということは考えず、武弘のことだからきっと止めに入るに違いない、との思いでいました。

武弘は、真砂が予想したように、案の定止めに入り、真砂に対して「そなたがそのようなことをする理由はない。」などと口走りながら、小刀を持った真砂の手を摑んでこの小刀を奪おうとしました。

このとき、武弘は、こんな惨めな立場に立たされながら、なおも妻にこのようなことで自分の面前で自殺でもされてしまったならば国府の侍としての屈辱感はこの上ないものになると強く感じ、場合によっては武弘自身も自殺して死んでしまいたいような境地に陥ってしまったかもしれません。

ところが、武弘は、真砂から小刀を奪おうとして真砂の腕や手首などを摑んだりしたところ、そうはされまいとまだ演技している真砂ともみ合いになりました。そのとき、真砂は、女である自分から小刀さえも奪い取れない武弘の貧弱さに今まで鬱積していた憎しみが爆発し、**咄嗟に「殺してやれ」という気持ちが起こり、武弘に対する何らかの憎しみの言葉を叫びながら、握っていた小刀の刃先を武弘の胸に思いっきり突き刺したの**です。

そして、小刀の刃を引き抜き、武弘は、真砂に抱かれた形で膝を折り、その場に仰向けに倒れたものと思われます。

武弘がうつ伏せではなく仰向けに倒れていたことや、腹部ではなく胸の刺し傷が原因で死んでいたことについては、このようなことで合理的に説明がつきます。

◆犯行動機の捏造

真砂は、夫を刺して殺してしまったことの原因はすべからく夫にあったことにし、武弘の死の原因をすべて彼自身に向け、仮面性を保ちつつ、彼女がこの上なく可哀想な究極のヒロインになりきることによって、世間の同情を一身に浴び、そのことによって*カタルシスを味わいたかったのではないでしょうか。真砂は、そのために夫の死

---

*カタルシス　その時の感情などを言葉で外に出すことによって気持ちが浄化されること。

を利用しようとしたのです。武弘の自殺ということでは、逆に彼女自身があまりにも惨めになるばかりであり、勝ち気な彼女がより惨めになる立場を望むことはあり得ません。

真砂は、武弘のために今まで惨めな思いを耐えながら生活し、今回、多襄丸に犯された挙げ句、不甲斐ない夫を殺してしまったので、自分があたかも悲劇のヒロインのような気持ちになってしまいました。その結果、自分の境遇に酔ってしまったのです。

殺してしまった以上、真砂は、とにかく逃げるしかありません。馬を待たせている駅路にはまだ多襄丸が潜んでいるかもしれないので、馬が入れない藪の奥に走って逃げるしかありません。逃げる前に、真砂は、近くに落ちていた武弘の烏帽子を彼の頭に被せました。これは、武士の姿として死んでいったことにしてあげたいという、身勝手ではあるものの真砂としての最後のお別れのつもりだったのでしょう。

真砂は、逃げる途中、凶器の小刀を藪の奥に投げ棄てたものと思われます。そして、行く当てがない上に、もし検非違使に捕まったら死罪になってしまうかもしれないと恐れ、検非違使も手が出せない清水寺に逃げ込んで、いかに自分が可哀想な女であるのかという悲劇性を強く打ち出して世間の同情を集めるとともに罪を免れようと考えたのだと思います。

清水寺に逃げ込むのでしたら、武弘が死んだのは自分が手を下したのではない、と弁解することは十分にできたでしょう。しかし、自分が悲劇のヒロインとして世間の同情を集め、カタルシスを感じるためには、自分が手を下したことを話して仏に懺悔するしかない、そのためには、犯行動機については、実際よりもより悲劇性を出すために、夫はまだ杉の根に縛られたままでいることにし、その夫に蔑んだ冷たい光で見られたことに耐えきれず、武弘を殺して自殺しようと決心したことにしました。その上で、その決心を武弘に伝えたのに、なおも武弘がその表情を変えないことから、これに逆上したために突き刺したことにしたのです。そして、殺意の気持ちをごまかすために、夢うつつのまま刺したことにし、その際の具体的な気持ちについては失神したため覚えていないことに塗色したのです。さらに、その後も、自殺を試みたが上手くいかなかったなどの嘘を織り交ぜなければならない、と考えたのだと思います。

多襄丸は、この一連の出来事を藪の中に隠れてこっそり見ていました。そして、武弘が刺されて死んでしまったことから、これに巻き込まれたくないと思ったからか、あるいは、真砂という女が急に恐ろしくなってしまいました。もうこの女には用はない。そう思った多襄丸は、そのまま馬のところに戻ってこの馬に乗って逃げ出したのです。ですから、多襄丸はその後の真砂のことについては知らないのです。

このように、**武弘刺殺の真相は、多襄丸が殺したのではなく、また、武弘が自殺したのでもなく、真砂が咄嗟に殺意を抱いて突き刺して殺した**のです。

◆『疑惑』を読んで解釈を変更

ところで、私は以前、真砂は、

「鬱積した気持ちが昂揚したにもかかわらず、自らの意思でその気持ちを爆発させる前に、誤って武弘の胸を小刀で突き刺してしまったのである。したがって、彼女はカタルシスを感じることができなかった。彼女は、この際に鬱積していた感情を爆発させてカタルシスを感じ、浄化させたかったはずである。強姦され、性の餌食になったこともカタルシスを感じたかった要因の一つになっていたはずである。それゆえ、真砂は、鬱積した爆発寸前の感情を自らの意思で散化させることなく、さらに、夫を死なせてしまったことも加わり、これが彼女にとって強烈なストレスとなってしまった。そこで、真砂は、この精神的緊張の原因はすべからく夫にあったことから、武弘の死の原因をすべて彼自身に向け、仮面性を保ちつつ、彼女がこの上なく可哀想な究極のヒロインになりきることによって、世間の同情を一身に浴び、そのことによってカタルシスを味わいたかったのではなかろうか。真砂は、そのために夫の死を利用したのである。武弘の自殺ということでは、逆に彼女自身が余りにも惨めになるばかりである。勝ち気な彼女がより惨めになる立場を望むことはあり得ない。したがって、真砂は、夫を誤って刺した後、困惑してしまい、突き刺した小刀を抜き、この小刀を持ったままその場から逃げたのである。」

と書いて、真砂が殺意を持って刺したのではなく、誤って刺してしまったと認定したことがありました（「一検事の目から見た小説『藪の中』の真相（4）」、東京法令出版「捜査研究」五五九号）。

しかし、その後、芥川がこの『藪の中』を発表する前の大正八年六月に発表した短編小説『疑惑』を読みました。この中に、地震で起こった火災の火の気が迫る中、庇に下半身を挟まれて動けなくなって血だらけの妻の手を握って助けようとしていた主人公の男が、咄嗟に、手当たり次第に落ちている瓦を取り上げて、続けざまに妻の頭へ打ち下して死なせてしまったところの描写があります。その中で、芥川は、この男の当時の内心について、

「生きながら火に焼かれるよりはと思って、私が手にかけて殺して来ました。」

と言わせながら、その後、当時の記憶がよみがえってきたのは

「当時の私が妻の小夜を内心憎んでいたと云う、忌まわしい事実でございます。」

「私はここに立ち至ってやはり妻を殺したのは、殺すために殺したのではなかったろうかと云う、疑惑を認めずには居られませんでした。」

と書いているのです。

この作品を書いた芥川の真意を想像するならば、『藪の中』の真砂の心理については、やはり、途中で咄嗟に殺意が生じて突き刺したという構成にしようとしたのではない

かと思われてきたのです。そこで、今回、再度執筆するに当たり、私の解釈を変更することにしたのです。

◆多襄丸が嘘の白状をした理由

それでは、多襄丸は、なぜあのような自分に不利益な嘘の自白をして自ら極刑を望んだのでしょうか。

作者は、多襄丸の検非違使の前での供述を「白状」と表現し、その冒頭、

「あの男を殺したのはわたしです。しかし女を殺してはいません。」

という言葉で語らせ、次に、

「では何処へ行ったのか？　それはわたしにもわからないのです。」

と言わせています。

ですから、この時点ではまだ真砂の消息は検非違使には分からなかったものと思われます。

多襄丸は女好きの盗人です。多襄丸にとって、武士を相手に一方的に縛り上げ、彼の面前でその妻を強姦した上に、武士の命でもある太刀や弓矢、そして馬まで手に入れたというのは一介の盗人としては非常に名誉なことで、誇らしいことです。放免の話では、以前に捕まえ損なったことがある名高い盗人ということですから、多襄丸は本件以外にも様々な容疑があり、これまで逮捕されないようにうまく逃げ回りながら

犯罪を重ねていたことが認められます。

ところが、そんな多襄丸も遂に放免に捕まってしまいました。しかも、名高い盗人の最後にしては、

「馬から落ちたのでございましょう。粟田口の石橋の上に、うんうんと呻っておりました。」

という実にみっともない姿のところを放免に搦め取られたのです。

そこで、検非違使の前に引致された多襄丸は、諦めの気持ちとともに、それ以上に「俺は侍よりも強い盗人だ。女のために決闘して侍に勝った勇敢な男だ。」ということを世間に知らしめ、誇張し、多襄丸という盗人の男の存在を強く印象付けて自分の名声を上げるために、本当は女を強姦して男の太刀などを奪って逃げたに過ぎないのに、女に「どちらが一人死んでくれ、生き残った男に連れ添いたい」と懇願されたかのように装うとともに、武弘と太刀打ちして勝ち、彼を太刀で突き刺して殺したけれども、その隙に女に逃げられて騙された、女のために命を賭して決闘して勝ったのに自分は女に裏切られた、ということにして、真砂に騙された被害者を装いながらこれを利用して自分の虚栄心を満たすためにあえて嘘の供述をしたものと思われます。

多襄丸は、権力側である検非違使の前で彼らの視線を一身に浴びながら自慢げに勇ましい話をすることは実に気持ちのいいものであったことでしょう。多襄丸は、みっともない姿で捕まってしまった悔しさもあって、増長してしまい、たとえ侍でなく一

介の盗人であっても、俺はお前たちとは違って強いんだとばかり虚勢を張りたかったに違いありません。

そして、多襄丸は、真砂と武弘の様子の一部始終を隠れながら見ていたので、客観的な状況にあまり矛盾しないように辻褄を合わせて嘘の供述を作り上げることができたのです。

多襄丸が、凶器について、真砂の小刀ではなく「自分の太刀を使って」と述べたのは、武士と一対一の決闘のようにして太刀同士で闘って勝ったとした方が自分を過大に評価してもらえると思ったからではないでしょうか。

「男は血相を変えたまま、太い太刀を引き抜きました。と思うと口も利かずに、憤然とわたしへ飛びかかりました。

　その太刀がどうなったかは、申し上げるまでもありますまい。

わたしの太刀は二十三合目に、相手の胸を貫きました。二十三合目に、どうかそれを忘れずに下さい。わたしは今でもこの事だけは、感心だと思っているのです。わたしと二十合斬り結んだものは、天下にあの男一人だけですから。(快活なる微笑)」

この言葉は、虚勢を張っている多襄丸の真意を如実に物語っています。ですから「二十三合目」にもこだわりを見せているものと思われます。そもそも、命懸けの太刀同士の決闘は、神経を集中して行うものですから、何合目に突き刺したということを覚えているのはかなり不自然です。このことからも、多襄丸の話す犯行状況は信用できないものです。

多襄丸は、真砂の犯行を見た後、真砂のことが怖ろしくなり、この二人にこれ以上関わり合いを持ちたくないと恐れてそのまま逃げ去ったのですから、その後の真砂のことについては多襄丸が放免に捕まってしまうまで知る由もありません。多襄丸は、真砂を探し回ろうとすれば容易にできました。この周辺の地理については真砂よりも詳しいはずですし、馬も奪っているからです。にもかかわらず多襄丸が真砂を探し回った形跡がないということは、多襄丸が武弘と決闘したことの前提を失わしめるものです。多襄丸が

「その後の事は申し上げるだけ、無用の口数に過ぎますまい。」

と述べているのは、実際に、真砂のことに関心を寄せず、真砂のことを探し回らなかったことの現れです。したがって、多襄丸は真砂のその後のことについては本当に知らないので、このことについて嘘をつけないためにこのように言っているに過ぎないのです。

多襄丸は、最後に、

「――わたしの白状はこれだけです。どうせ一度は樗(おうち)の梢に懸ける首と思っていますから、どうか極刑に遇わせて下さい。(昂然(こうぜん)たる態度)」

と述べていますが、これは、多襄丸の虚勢を張った自尊心の強い態度でしかありませ

ん。

　多襄丸は、決して真砂を庇って嘘の自白をしたのではありません。真砂に同情心を抱いていたのでもありません。同情する気持ちを持っていたのでしたら、真砂を探し回り、連れ去って伴侶とすればいいはずです。そうすれば、真砂が後日清水寺に現れて懺悔したり、検非違使で取調べを受ける事態にはならず、お互いに口裏を合わせて真砂を庇うことができたでしょう。そして、多襄丸が自ら進んで検非違使に自首すればそれで済んでしまうことです。しかし、多襄丸が真砂を探し回ることをした形跡は全くなく、検非違使に自ら自首したのでもないのです。

　多襄丸は、単に、真砂のことが恐くなり、武弘が真砂に突き刺されて死んだことから、これ以上の関わり合いを持ちたくないと考えて逃げたに過ぎません。多襄丸が検非違使の前で虚勢を張っているのは、彼が不覚にももみっともない無様な恰好で捕まってしまったからと思われます。そして、諦めの気持ちも加わったからであり、もし多襄丸が捕まっていなければ、何もわざわざ自分から「この件は俺がやったことだ」と言う理由も必要もありません。

　多襄丸が検非違使に自首していないのは、このようなことも表しています。

　多襄丸が白状していることは、一見、真砂を庇っているように見えるかもしれませんが、それは、自分の犯行として自分の名声を上げるために一段と深い虚栄心から嘘の自白を行ったことが、結果として真砂を庇っているように見えるだけなのです。

◆犯行後の真砂について

次に、犯行後の真砂のことについて説明しましょう。

作者は、真砂の話を「懺悔」とし、清水寺に現れて話をしたものと設定しています。

そして、真砂の母である媼が

「どうかこの姥が一生のお願いでございますから、たとい草木を分けましても、娘の行方をお尋ね下さいまし。」

と検非違使に述べていることや、その後の多襄丸の白状の冒頭で、多襄丸が

「あの男を殺したのはわたしです。しかし女を殺してはいません。では何処へ行ったのか？　それはわたしにもわからないのです。」


と述べていることに照らしますと、真砂は多襄丸が捕まった後に清水寺に現れたものと思われます。

確かに、真砂は自分が殺したと述べているのですから、外見的には「懺悔」しているように見えます。

しかし、真砂が述べている犯行に至る経緯、犯行の具体的態様、犯行動機は真相とは違いますし、真砂は検非違使に自ら出頭してその取調べに対して話しているのではありません。仮面をかぶってきた真砂が、今度は、犯行後においても、「懺悔」という名の美名の下に再び仮面の告白をしているに過ぎません。

真砂は、清水寺に現れた後であっても、仮面の妻であったことを隠し続けています。他方、真砂は、夫である武弘を自分が小刀で突き刺して死なせてしまったという客観的事実は否定できないため、人一倍深い虚栄心から武士の妻としての体面を保たなければならないと考えたものと思われます。

真砂は、犯行当時に既に多襄丸が逃げ去っていたことは認識していたのですから、目撃者は誰もおらず、真相は自分と死んだ武弘しか知る者はいないと思ったでしょう。そうであれば、もし罪を免れたいという気持ちが起これば、武弘を縛り付け、自分を犯した卑劣で下等、野蛮な多襄丸の犯行として責任を多襄丸に転嫁したり、頼りなくふがいない夫が悲観して自殺したとすることもできました。あるいは、真砂が夫を放置して逃げ去った後に第三者が殺したものと話すことも可能でした。

しかし、真砂がそのようなことを言わなかったのは、勝ち気な性格である真砂の、若狭の国府の侍の妻としての仮面性を保つためでした。真砂は、自分の手にかかって殺した夫に懺悔しているという形を通して、キリスト教的には「赦し」を請い、愛を示しているふりをして装っているのです。つまり、懺悔の演技をしているのです。

真砂には夫を殺してしまったことの罪の意識はあります。検非違使ではなく清水寺に現れて自分の所在を世間に明らかにした上で話していることなどは、真砂の罪の意識の表れでしょう。

真砂は、咄嗟に殺意を生じ、殺すつもりで突き刺して武弘を死に至らしめました。

この時点でもし真砂に良心の呵責があれば、突き刺した後に夫の出血を止めたり蘇生に向けた言動に及ぶのが普通でしょう。しかし、真砂はそのようなことはしていません。ましてや、倒れた夫をそのまま現場に放置して逃げたのです。このような者が良心の呵責を強く抱いていたとは到底考えられません。

真砂は、罪の意識はあったものの、もともと武弘に対しては妻としての愛情を寄せることはなく、仮面の夫婦を演じてきていましたし、真砂が多襄丸に夫の面前で犯されるというこの上ない屈辱を受けたのもふがいない夫の態度に原因があったからですので、武弘に対して憎しみの気持ちから殺した以上、武弘を絶命させたことについて嘆き悲しむことはなかったものと思われます。

したがって、真砂としては、自殺する理由も必要も全くなかったといえ、自殺しようと思ったとか何回か自殺を試みたという話は嘘であり、信用できないのです。

真砂は、小刀で自殺するふりを続け、武弘がこれを止めに入ってもみ合っている状況が続いたため、もはや自分自身の仮面性に耐えきれなくなったと思われます。そして、多襄丸に強姦されて欲望丸出しの人間の本性をむき出しに見せつけられたため、**自分の仮面性を痛感し、無力な形だけの夫に対して、これまで強く鬱積し抑圧してきた感情を晴らすべく、その気持ちが昂まり、殺すことによって爆発させた**のです。そして、武弘に対するこれまでの憎しみの気持ちから、武弘の死の原因をすべて彼自身に向け、仮面性を保ちながらも、真砂がこの上なく可哀想な究極のヒロインになりきることによって、世間の同情を一身に浴びたかったのではないでしょうか。真砂は、そのために夫の死を利用したのです。武弘の自殺ということでは、逆に真砂自身があまりにも惨めになるばかりです。勝ち気な真砂がより惨めになる立場を望むことはあり得ません。

真砂は、夫を刺した後、突き刺した小刀を抜き、この小刀を持ったままその場から逃げました。

真砂は自殺する意思など全くありません。こんな夫のために自殺することはあまりにもばかげています。そんな惨めなことを真砂がする理由はないのです。そして、小刀をどこかに捨て、その後は、究極の悲劇のヒロインになって世間の同情を浴びるために、夫を殺したことを認めることにしました。

ですが、そうなると今度はその動機が問題になるので、憎しみの原因をすべて武弘に向けました。仮面をかぶってきたのも、強姦されたのもすべてふがいない夫のせいであるとしてです。そして、その憎しみの原因についても、夫の前で多襄丸に強姦されるる被害に遭ったにもかかわらず、夫から蔑んだ冷たい眼で見られたことと嘘の事実を捏造したのです。

真砂は、たとえ真相を正直に話したとしても、世間の同情を十分に得られたでしょう。

しかし、彼女にとってそれでは不十分だったのです。究極の悲劇の女に見せるために、夫への憎しみの気持ちから刺し殺した原因について、これまでの武弘との仮面の夫婦性については一切隠して、ふがいない武士の夫の面前で盗人から強姦されるというこの上ない屈辱を受けた真砂が、逆に、このような被害を受けているのを夫である**武弘から冷酷な視線を受けて更なる精神的衝撃を受けたという事実を作り上げた**のです。そして、夫を殺した後、自暴自棄の境地から自分も自殺しようと考え、何度も試みたけれども死にきれなかったということに歪造したのです。

そして、突き刺した直後の場面については、気を失ったことにして、都合の悪い部分をごまかすとともに、可哀想な女を演出しようとしたものと思われます。

真砂は、突き刺した後の状況について

「そうして、――そうしてわたしがどうなったか？　それだけはもうわたしには申し上げる力もありません。とにかくわたしはどうしても、死に切る力がなかったのです。小刀を喉に突き立てたり、山の裾の池に身を投げたり、いろいろな事もして見ましたが、死に切れずにこうしている限り、これも自慢にはなりますまい。（寂しき微笑）」

との言葉のみで粉飾しようとしているのです。

武弘を縛ってある縄については、本当は真砂が刺す前に解いていますが、縛られたままの夫を殺した後に武弘の縄を解き捨てたことにするしかありませんでした。

その上で、真砂は、夫を殺したことに対する悔悟の念もあって自殺を試みたことを装うとともに、夫を刺したことが事実である以上、自らが殺したことを供述することによって、これをもって夫である武弘に対する供養とし、世間に対しては懺悔しているような演技を続け、究極の悲劇の女を演じて世間の同情を集めることによって自分のエゴを果たそうとしたのではないでしょうか。それが、真砂という女にとっての人間性の表現であったように思えてなりません。

真砂が夫を殺した行為と結果について懺悔している言葉は、彼女の「懺悔」の中には一片すら認められません。真砂は、最後に

「わたしのような腑甲斐ないものは、大慈大悲の観世音菩薩も、お見放しなすったのかも知れません。しかし夫を殺したわたしは、盗人の手ごめに遇ったわたしは、一体どうすれば好いのでしょう？　一体わたしは、——わたしは、——（突然烈しき歔欷（すすりなき））」

とだけ述べて終わっているのです。

このどこに懺悔の言葉があるのでしょうか。

真砂の話した内容は、自分が犯した罪について赦しを請うているものではありません。いかに自分が哀憐であるかということを強調するための言葉でしかなく、陋劣（ろれつ）（いやしく軽蔑すべきであること）です。「烈しき」も「歔欷（すすりなき）」しかできなかった真砂の最後の態度は、彼女の矛盾した気持ちを象徴しているかのようです。

◆武弘が嘘のことを話した理由

それでは、真砂に死に至らしめられた武弘は、なぜ「自殺した」と述べて死の責任を自分で負うように嘘の話をしたのでしょうか。武弘は真砂のことを庇ったのでしょうか。

妻に殺されたということは、武弘にとってはあまりにも惨めなことです。

武士でありながら、妻に刺されてしまった。しかも、太刀ではなく彼女の小刀で刺されて殺されたのです。刺された部位も、刺突されやすい腹部などではなく、胸骨などがあって刺突するには力の必要な胸部であり、貫かれるほど突き刺されたのです。ですから、武弘としてはこのような形で殺されたということになれば、武士として、また、夫としてあまりにも惨めです。

ましてや、武弘は、欲に目が眩んでたやすく多襄丸の言葉に乗ってしまって騙され、一方的に縛り付けられ、その面前で妻を強姦されたのですから、その末に妻に刺されて死んだとあっては、誠に情けない、ふがいない無力な男という屈辱的な烙印を押されてしまうこととなりましょう。それだけは武弘としては避けたかったものと思われます。

武弘は、「巫女の口を借りたる死霊の物語」として登場しながら、その冒頭は

「――盗人は妻を手ごめにすると、其処へ腰を下ろしたまま、いろいろ妻を慰め出

した。」

という下りから語り始めています。

すなわち、武弘は、多襄丸に騙され、埋められているという鏡や太刀を目当てに真砂を一人馬に乗せたまま藪の中に入って行ってしまい、そこで一方的に盗人に縛り上げられてしまった状況や、その後、杉の根に縛られたまま、目の前で真砂が多襄丸に犯されているのを見せつけられた状況については、一切語っていません。自分に不都合な部分については話していないのです。

この点は、真砂も同じであり、真砂の「懺悔」も

「その紺の水干を着た男は、わたしを手ごめにしてしまうと、縛られた夫を眺めながら、嘲るように笑いました。」

という話から始めています。

これらのことは、武弘も真砂も、自分に都合の悪いことについてはこれを直視せずにあえて避けていることを示しています。他人に指摘されなくとも自分がその失敗を一番よく理解しているので、あえて触れられたくなかったのでしょう。つまり、このような二人の態度は、自尊心の強い武弘と真砂の二人の性格を如実に示しています。二人とも自尊心が強いからこそ、互いに仮面を保ってきたのです。

武弘が真砂に対して憎しみの情を抱いていたのでしたら、「真砂に刺された。」とか「妻に殺された。」と話すのが自然かもしれません。ですが、既に武弘は死んでしまっ

たので、今更妻への恨みを述べても仕方がないことです。

それよりも、武弘は、死んでも武士としての威厳を保ちたかったのです。そのためには、妻に刺されたというのは絶対に避けたかったと思われます。

また、武弘は、多襄丸に対しては強烈な憎しみの気持ちを抱いていたでしょう。であれば、殺人の汚名を多襄丸に帰せて仕返しすることも考えられます。そうすることによって、多襄丸に殺人の冤罪をかけ、極刑に処することができるからです。そして、真砂を救うことにもなるからです。

しかし、武士である武弘は、一介の盗人にすぎない多襄丸に力尽くで一方的に杉の根に縛り付けられた挙げ句に、自分の面前で妻を凌辱されたのを見せつけられ、その後に多襄丸と闘って再び負け、今度は太刀で刺突されて殺されたというのでは、これも武士としての威厳を著しく損なってしまうことになります。

武弘が多襄丸に一方的に縛り付けられたこととその面前で多襄丸に真砂が強姦されたことは否定しがたい事実です。ですから、これらの事実を前提にして嘘の話を作り上げて多襄丸に殺されたという話になるためには、縛り付けられていた縄を誰かに解かれた後に、何らかの形で多襄丸と闘って負けたという結論にならなければなりません。これも、武弘としては、武士として、また、夫として、かつ、男としての自尊心を深く傷つける内容の話ですので到底受け入れがたいものです。

また、第三者に殺されたことにするのも、あまりにも唐突であって、無理な話です。

そうしますと、残された結論はただ一つしかありません。それが「自害」ということだったのです。自殺であれば、武士として思慮し、悩んだ末に潔く決断して果てた行為として評価されると考えたものと思われます。

ただし、自殺の原因については、「自己の面前で盗人に妻を強姦され、これに悲観したため」というのは、動機として屈辱的なものです。他方、「妻に被害に遭わせたことの責任を取って」というのは、武士としての威厳を保つにはいい動機です。しかし、武弘が、客観的には胸を小刀で刺されて、その場に仰向けに倒れていたところを発見されていたことを忘れてはなりません。このような姿で自刃するのは、侍として何ともみっともない恰好ですので、動機の潔さの割には自殺の方法が釣り合わないことになります。

武弘も、感情を持った人間ですので、真砂に対して何らかの恨みを抱いていたことは事実と思われます。そして、実際に真砂に刺されてしまったことで自分の命をあっけなく絶たれてしまった無念さから、死の責任を真砂に押しつけたかったでしょう。つまり、武士として、夫として、男としての威厳を死後も保ちたかった一方で、死の責任を真砂に転嫁するためには、真砂の言辞が原因となって自殺に追い込まれたとする必要があったわけです。武弘にとってはこれ以外に方法がなかったものと思われます。

ですから、武弘は、真砂が武弘のことを指さしながら多襄丸に

「あの人を殺して下さい。わたしはあの人が生きていては、あなたと一しょには
いられません。」

と何度も叫んだことにしたのです。

本当は、真砂がそのようなことを口に出す理由も必要も考えられませんが、あえてそのような事実を作り上げるしかなかったのです。

武弘は死んでしまい、後は極楽浄土を目指す死霊となって、現世とあの世、此岸と彼岸との間をさまよい、漂っている存在になっています。そのような立場の武弘とすれば、本来の意図は自尊心を保つところにあるのですが、自殺したと述べることによって、自分が死の責任をかぶり、結果的には妻の犯行を庇うことになります。武弘は、そのような態度をとることによって、真砂に対し生前してやれなかった、惨めで無力な自分のせめてもの「慈悲」としたかったのではないでしょうか。

しかし、他方で、武弘は、死に至る原因を真砂に向け、自殺の動機については遂に一言も語らないまま終わっているのです。

ここに、**死後も葛藤を続け、いまだに煩悩から逃れられない、執着している武弘の哀れな姿が出ている**のです。

本件の真相は、以上のとおりと考えられます。

◆福田恒存氏の「本件の事実」について

ところで、福田恒存氏は、本件の「事実」について、

「多襄丸は目的を達してしまふと、持前の残忍さから全く無目的に武弘の胸を刺し、大笑ひしながら逃げ去つたのであらう。」

「多襄丸は女を犯した後、その残虐な興奮状態から、武弘を刺して逃げ去つた。」

「だが、武弘はそれだけでは死に切れなかった。そして互ひに不信感を持った夫婦が後に残され、妻は心中を、夫は自殺を欲した。そういふ両者が小刀を奪ひ合ひ絡み合ふうちに、夫は多襄丸の負はせた深手によつて死んだ。」

と認定しています。そして、多襄丸と女との会話について重なり合う部分が多いとし、

「多少の食ひ違ひは立場の相違といふ事で見逃し得る。もし客観的な事実として女がどう言つたかといふ事になれば、『二人が生きてゐる限り、自分は生きてはをられぬ』といふ意味の事を言つたら違ひ無い。それを多襄丸は『男のうちどちらかが死んでくれ、生き残つた方に連れ添ひたい』と聴いたとしても、或はさう修飾したとしても、読者は当然の事として肯けよう。同じ事を武弘が『あの人を殺して下さい。あ人が生きてゐては、あなちと一しよにはゐられません』と聴いたとしても、これまた読者を十分納得させ得る。」

としています（「公開日誌〈4〉――『藪の中』について――」昭和四五年十月号）。

つまり、福田氏は、真砂の発した言葉を多襄丸と武弘によって聞こえた内容が違うという前提で処理しようとしています。これは、三人の話した内容について何とか重なり合うところがあるはずだという思いで検討したに過ぎず、何ら合理的な解釈ではありません。

また、福田氏の認定によれば、誰が行ったのかという部分について、なぜ多襄丸の話が信用でき、真砂と武弘の話は信用できないと判断したのか、その推論の過程が欠落しているため分かりません。

それに、残された女が心中を欲し、夫は自殺を欲したと決めつけているのもその理由がよく分かりませんし、この二人が小刀を奪い合って絡み合っているうちに多襄丸の負わせた深手によって死んだ、というのであれば、なぜ真砂と武弘が互いに自分が刺したと嘘のことを話しているのか理由がつかないことになります。この場合には、死の原因は多襄丸の行為が原因ですから、二人とも多襄丸を恨むことになるはずであって、互いにその責任を自分が被る理由はないからです。

福田氏は、武弘の縄を切ったのは多襄丸であると認定し、この部分は武弘の話を信用して認定していますが、その理由も分かりません。そして、福田氏は、「結論を言へば、多襄丸、女、男と話が進むに随つて、その信憑性は薄くなつてゐる。それはこの作品の弱さを示すものではなく、逆に真相は解らぬといふ主題を作者が意識的に推し進めて来たからにほかなるまい。」としています。しかし、他方で、福田氏は「いづれの「陳述」も全く信憑性の少いものである。」とも書いています。ですから、この点についての福田氏の解釈は、作品の構成の仕方、表現の順番と読者の受け取り方について自分が作者ならばどのように読ませようとするのだろうかとの視点からのものと思われ、作品に現れた事実関係等に照らしたものであるとは言いがたく、賛同できません。

第四章　作者の真意について

◆晩年の芥川について

芥川は、昭和二年七月二十四日午前二時ころ、自宅寝室で致死量のヴェロナールとジャールを飲んで自殺しました。芥川は、自殺後に発表された『西方の人』（昭和二年八月）の冒頭で

「わたしはかれこれ十年ばかり前に芸術的にクリスト教を——殊にカトリック教を愛していた。」

と書いているように、キリスト教を熱心に理解しようとし、自殺の際には開いた聖書で顔を覆うようにして永眠についたと言われています。

しかし、キリスト教では、自殺することは神から与えられた尊い命を神の意思に無関係に人間自ら奪うものであり、許されない罪です。**キリスト教に救いを求めようとしていた芥川の最期は、神に対する冒瀆で終焉している**のです。また、芥川はカトリック教を愛していたと言いながら、結局洗礼を受けませんでした。芥川の遺骨は法華宗慈眼寺に葬られ、墓は芥川の意思に基づいて作られました。すなわち、芥川は、キリスト教と訣別し、**自分の人生を自ら裁くことによって自分に罰を与え、幕を閉じた**のです。芥川は、生涯人間の持つエゴイズムに葛藤し煩悶し続けていました。殊に晩年の作品には決して癒やされることのない芥川の悲痛な叫びが直裁的に表現されています。

「僕はもうこの先を書きつづける力を持っていない。こう云う気もちの中に生き

ているのに何とも言われない苦痛である。誰か僕の眠っているうちにそっと絞め殺してくれるものはいないか?」(『歯車』昭和二年四月)

「或声　ではなぜお前は死なないのだ?　お前は誰の目から見ても、法律上の罪人ではないか?

僕　僕はそれも承知している。」

「或声　お前は或は滅びるかも知れない。

僕　しかし僕を造ったものは第二の僕を造るだろう。」

(『闇中問答』昭和二年)

晩年の芥川は幻覚、被害妄想など神経衰弱の病状が強くなり、『歯車』はそのような状況の中で人格の破綻を目前に懸命に苦闘し、まさに「闇中」模索しながら一人で彷徨している様子が形象されている最たる作品です。『藪の中』は、精神的に追い込まれ、エゴイズムとの闘いの末に人格崩壊の危機に瀕し、苦悶していた時期の作品なのです。大正十一年一月に発表されていますので、大正十年秋頃に書き上げたものと思われます。芥川がある女性との愛人問題に苦悩し、憔悴していた時期でもありました。このような中でこの作品を創作したのです。

『藪の中』で最も罪深いのは、真砂です。多襄丸は藪の「外」に去り、武弘は藪の「中」に息絶え、真砂は藪の「奥」に逃げて行ったというのは、真砂の罪深さを暗示しています。真砂は、武弘を殺しただけでなく、犯行後においても、犯行に至る経緯や犯行動機について自分に都合のいいように作り上げ、人間の死をもすら自らのエゴイズムのために利用し、偽りの懺悔をするという許しがたいことを行っています。武弘を刺突して殺した行為に対する罪よりも、犯行後の真砂の言いしれぬ反倫理的反道義的な言動の方が罪深いといえます。真砂はまさに藪の「奥」に自らの意思で迷い込んでしまったのです。多襄丸には「女菩薩のように見えた」真砂は、その後、その菩薩の仮面を剥ぎ取って藪の奥に走り、深いエゴイズムに囚われた現世利益を追い求めるために、あろうことか菩薩をも欺いて、利用しようとし、遂には菩薩の功徳に疑問を呈する言葉を無意識に発することによって夭折した自己の欺瞞さを晒け出し、しかもその偽善さにいまだ気付いていない愚かな姿を見せているのです。

多襄丸も、他人の死という荘厳な事実を自らのエゴイズム、利害打算の手段に利用していることに変わりはありません。貪欲なまでの飽くなき野望と見栄を満たすために、極刑という罰を自ら望んでいます。自分の死という自虐と引き換えてでも現世における強慾な虚栄心を充足させようとして、エゴイズムのための「殉死」という罰を積極的に受けようとしているのです。

武弘も同様です。自ら望まざる非業の憤死に遭ったにもかかわらず、武士、真砂の夫、男としての体面や体裁を強く意識するあまり、死後も自我から逃れられない愚劣で悲哀な姿を露呈しているのです。

この作品は、人間は飽くなきエゴイズムのためには神聖な人の死をもすら利用し、神や仏の前でも偽善に豹変し得るという人間の絶望的な状況を描くことによって、罪の意識から逃れられないでいる芥川が、自らの人間的苦悩から自己の人格を解放しきれない孤独な実存を「藪の中」と表現することによって、この空間の中に凝縮し、更なる罪を重ね、「藪の中」に深く入り込んで逃れられなくなっている苦悶の状況を表したものと思われます。

◆告白することによって「二重の罪を犯す」

私は、芥川は、自らの実体験を踏まえて、「告白の虚偽性」というものを強く感じていたように思います。

言うまでもありませんが、カトリックにおいては、神父を介して神に告白することによって自らの行いを悔い改めます。この意味で、**「告白」**は、良心の呵責に悩み、神と直面している人間がキリスト教を通して悔い改め、神と再結できる重要な意味を持っています。カトリックでは、罪深い人間の代わりにゴルゴタの丘に登って自ら罰を受け殉死したその姿と愛を常に想起し、告白行為を通じて神と再び結びつくのです。

これに対し、プロテスタントでは告白のこのような宗教的奥義は認められていません。

芥川がプロテスタントよりもカトリックに関心を持った理由は分かりませんが、芥川にとって「告白」の問題は、終生超えることのできない大きな障壁であったように思われます。

本作品にも現れていますように、多襄丸、真砂、武弘の事件当事者は、いずれも虚偽の話をしています。罪の意識に直面しているのでしたら、良心の呵責に耐えられず、何か大きな力にすべてを投げ棄てて身を任せたくなり、真実を述べたくなる衝動に駆られたくなるでしょう。これが人間の自然の姿であり、人倫の要求するルネッサンスでもあります。

「罪」は「罰」の前提です。罪のないところに罰はありません。その罪と罰を有機的に結び付けるのが「告白」です。ここでいう「罪」、「罰」は、法律上の概念に留まらず、人間社会の中で生きる上で人倫が要求するものや神との間の約束事まで広く包摂した概念のものです。

救われるためには、罪に当たると自覚する自らの行いについて、その行いだけでなく、そのような行為をするに至った経緯や理由、動機、行為をした際の心境、行い終わった直後の気持ち、その後告白するに至るまでの間の心の葛藤などを何も隠さず真っ白な気持ちになって赤裸々に述べるとともに、そのような「告白」を通じて自らの過ちを正面から見つめて悔い改め、今後二度と同じような罪を犯さないことを誓約する必要があります。単に過去の行為そのものを話すだけでは足りません。ましてや、犯行後の心の葛藤だけを述べるのは本末転倒です。まず「罪」ありきなのです。ですから、罪の意識が必要です。罪の意識があるからこそ告白したくなります。罪の意識がなければ苦悩はなく、告白して反省する必要などありません。罪の意識があるからこそ、罪を犯したと自覚している自らの行いについて告白できる契機があるのです。「自白」とは、犯罪捜査、裁判手続の中で罪を犯した行為について自認し、真実を述べることですが、「告白」は神父を通じて神に行うものであり、その意義は極めて深いものです。そして、カトリックでは規律の厳格さを求め、その神は父なるものです。

これに対し、仏教では**「懺悔」**と呼ばれるものがあります。既に説明しましたように、「懺悔」とは、すべてをありのままに述べて悔い改め、自己のすべてを仏に帰依することです。現世利益を期待してその手段として行われるものではなりません。やはり、カトリックと同様に罪の意識を前提とするものでして、自らの過去の過ちを悔い改め、自己の将来をすべて仏心に任せるのです。

特に、禅行を重ねることによって煩悩滅失に達しようとする自力本願の教えとは異なる親鸞の浄土真宗は、他力本願の教えであり、「善人なをもて往生をとぐ、いはんや悪人をや」という*アフォリズムを残しています。善とか悪とかという概念は人間が勝手にそれぞれの尺度で決めているものに過ぎません。したがって、ある人にとっては

---

*アフォリズム　物事の真実を簡潔に鋭く表現した語句。警句。金言。

善に見えても、別の人はそれが悪に見えるかもしれません。人間の物差しは所詮エゴイズムに基づいた一面的なものです。ですから、人間が同じ人間を善人と悪人とに区別することはできませんし、また、許されません。しかし、仮に罪を犯した者を悪人としましょう。その悪人は、罪を犯したことによってその瞬間から良心の呵責に悩んでいます。罪の意識にさいなまれ、その結果、敬虔に救いを求めるようになります。その意味では、日常的に罪の意識を感じなく、罪を犯さないように見える「善人」に比べて仏との距離が近いのです。それ故に、悪人こそが救われるというのです。

このように、罪を犯した者こそが良心の呵責により悔い改めたくなり、その人間苦から救われる契機が強いという点では、カトリックも浄土真宗も極めて似ています。

しかし、カトリックでは、その救済方法として教会における神父を通じての告白を求めているのに対し、親鸞やその教えを受け継いだ蓮如は、言葉に出しての告白行為は求めず、単に心の中で南無阿弥陀仏と念じていればそれで足りるとしているところが決定的に異なります。そして、浄土真宗では、念仏を唱えること自体、自分の力ではなく、仏が唱えさせてくれているという捉え方をするのです。

他力本願の教えは、念仏を口に出して唱えたり自力をした者が救われるとなれば、何かそのような行為をしさえすれば救われる、というように勝手に解釈され、本当に救いが必要な者は救われなくなってしまうとの考えを前提にしています。蓮如が歎異抄を封印してしまったのは、親鸞の考えが先程のように勝手に解釈され、後に心の中で念仏を唱えさえすれば救われるのであるから積極的に罪を犯してもいい、というように異訳されてしまうのを恐れたためです。仏教の他力本願の考えは、「告白や懺悔などの外見的な行為は必要はない。そのようなことをしなくとも仏はすべて見ていて知っている。我々は何時も既に見られている。あえて告白しなくとも、心の中で罪の意識に基づいて念じていればそれだけで救われる。念仏すること自体、自分の力で行うのではなく、仏が唱えさせてくれている。」というものです。したがって、仏は、人間を温かく包摂して見守っている母性的なもの、母なるものなのです。ここに神や仏の母性という西洋と東洋の違いを見ることができます。

このように、カトリックでは、父なる神に向かって告白をすることによって救われるというのに対し、仏教の他力本願の教えにおいては、母的な仏がすべてを知って包摂してくれているので、何もわざわざ告白なる行為をする必要はない、とするのです。

芥川の苦悩の源泉はここにありました。

芥川は、告白の虚偽性に気がついていたと思われます。

元来、人間はエゴイズムに溺れて囚われた弱い存在であることは否定できません。エゴイズムに終生悩む弱い一本の葦であるからこそ、宗教のようなものに様々な人間苦からの解脱を求めているのです。ですから、カトリックにおいては、告白せざるを得ないような弱い人間が告白によって再び神と結びつき、救われるとしているのです。しかし、蓮如が親鸞のアフォリズムの勝手な解釈を恐れたように、告白すれば救われるから罪を犯してもその後に告白すればいいという者が出てくるのも人間の愚劣さゆえです。

それどころか、そもそも、人間が告白するとき、たとえ神の前であってもすべて百パーセント真実のことを口に出して話す者がいるのか大いに疑問です。人間はそれほど強くありません。罪の意識を持ち、過去の過ちを悔いて立ち直ろうと堅く決意し、自分の行ったことを述べたとしても、どこかに都合の悪い部分を隠して黙ったり、偽りを述べることがあります。特に、客観的な行為自体については詳細に述べたとしても、その行為の動機や理由、心境などの主観面についてはなかなか真実を述べられません。男女関係や金銭関係など色欲、物欲などが絡んでくると正直に話すのが極めて難しいのです。我々人間は、あえて積極的には話さずに「隠す」ことがいかに多いことか。捜査官の取調べだけでなく、医師の問診に対しても怖くて本当のことが言えないのです。ましてや、神や仏に対しても、自分の都合のいいように、臭い物には蓋をしながら取り繕って「告白」や「懺悔」をしていることがいかに多いことでしょう。

計画的犯行を犯す人間は、罪悪感を深く自覚した上で目前の欲のために罪を犯しています。したがって、そのような者の中には「反省している」と言っても、それは言葉だけであって、その真意は

「相手方に申し訳ない。」

「人間として神、仏に対して申し訳ない。」

という気持ちではなく、

「当時の自分はあのような精神的状況の下で精一杯生きたのがこの結果であり、罰を受けることは覚悟の上のことであるから仕方がない。悔いが残るとすれば、発覚してしまったことであり、運が悪かった。」

というものもあります。

このように、告白には人間の弱さゆえに虚偽性がつきまとい、告白することによっていわば「二重の罪を犯す」ことになるのです。しかも、告白することは、あたかも自分が悲劇の中心人物となってしまうために、告白行為それ自体でカタルシスを感じ、自己陶酔に陥ってしまう危険があります。

私は、芥川は、この告白の虚偽性と、告白することによって二重の罪を犯すことになることを痛切に感じていたと思われてなりません。

◆『藪の中』を書いた理由

特に、女性問題についてです。芥川は、結婚した後も複数の女性と不倫関係を繰り返し、その度に罪の意識を深く感じていたようです。大正時代は現代社会と違ってストイックな生活を強いられる時代でありました。ましてや、芥川は、当時の時代を代表する著名人でもあり、その知名度のために常時世間から注視されていた上に、真面目な性格からフィクションとしての自分を作り上げて人間性を謳歌することもできませんでした。しかし、芥川は、晩年になると、ある女性と一緒に自殺しようとしたり、また別の女性と情事を結んだばかりにこの女性の出産した子供が自分の子ではないかと悩み、執拗なその女性を振り払って中国に数か月間逃げたものの、帰国後なおも自らの意思で彼女と密会を重ねていました。

『藪の中』が書かれたのは、丁度そのような時期です。芥川がこの女性から逃れたいと思って悩んでいたことは、『或阿呆の一生』の中でこの女性を「狂人の娘」との言葉で表現していることからもうかがわれます。

しかし、人間は、芥川だけではなく、理性で分かっていても欲求に負けてしまうことがいかに多いことでしょう。

芥川は、特に愛人問題については、理性で抑制し切れない自分の弱さを罪と感じ、また、聖書を読んだり、キリスト教に救いを求めてもそれでもなお抑制し切れなかった自分に対する自己嫌悪の情を募らせ、罪悪感が強まっていきました。彼は、それだけ強く罪の意識を持ちながらも、聖書を読んでも、自らの過去及び現在の罪を正面から堂々と見つめて真実の懺悔や告白をすることができませんでした。芥川が相手の女性らと自己の精神的肉体的情欲を充たすために関係したと指摘されてもそれを否定することはできないと思われます。芥川は、自我の強さと理性による抑制力の弱さについて自ら十分に自覚していたはずです。

ですが、芥川はその自己の主観を見つめ直し、告白することができませんでした。それは、芥川の強いエゴイズム、虚栄心のため以外の何物でもありません。それ故、芥川は、終生、告白の虚妄性に悩み、他人の死をも自らの利害と打算のために利用しようとした**究極のエゴイズムに基づく告白、懺悔の欺瞞性とそれを行うことによって更なる罪を犯している人間の哀れな姿を、この『藪の中』に書いた**ものと思われるのです。

この点は、私小説問題に結びつくこともできましょう。真実の告白ができないために、それを小説の中で赤裸々に述べることはできません。ましてや、告白や懺悔は神や仏に対するものであって、知人や一般大衆に対するものではありません。小説にして読者に告白しても、読者には偽善さがすぐに分かってしまいます。神に対して告白するのですら虚偽性があるのですから、ましてやこれを活字にして未来永劫この世に残る文章として表現することの欺瞞性は言うに及ばないと思います。

ジャン・ジャック・ルソーは、『告白』(『懺悔録』との訳もあります。)や『孤独な散歩者の夢想』の中で自らの告白を行っています。しかし、これを読めば、いかにルソーが自分の諸言動について他者を糾弾し自己を正当化しようと欺瞞しているのかが顕著に分かるでしょう。芥川もこのルソーの告白の虚偽性を認識していたようで、『侏儒の言葉』(大正十二年〜大正十四年)の「告白」の中で

「完全に自己を告白することは何人にもできることではない。同時に、また自己を告白せずにはいかなる表現もできるものではない。ルッソオは告白を好んだ人である。しかし赤裸々の彼自身は「懺悔録」の中にも発見できない。」

と書き、『或阿呆の一生』の「四十六　譃(うそ)」においても

「しかしルッソオの懺悔録さへ英雄的な譃に充ち満ちていた。」

と書いて痛烈に批判しています。

『澄江堂雑記』（大正七年～大正十三年）の「十六　告白」においても、

「「もつと己の生活を書け、もつと大胆に告白しろ」とは屡（しばしば）諸君の勧める言葉である。僕も告白をせぬ訣(わけ)ではない。僕の小説は多少にもせよ、僕の体験の告白である。けれども諸君は承知しない。諸君の僕に勧めるのは僕自身を主人公にし、僕の身の上に起つた事件を臆面もなしに書けと云ふのである。」

と記し、私小説として告白することの戸惑いを表しています。

このようにして、芥川は、告白の虚偽性と、告白することにより更なる深い罪に陥って抜け出せなくなることを痛感していたのではないかと思われるのです。芥川は、これらの苦悩から逃れるためにキリスト教、殊にカトリックに救いを求めたものの、その結果、かえって逆に自我に執着してしまい、自己放下(ほうけ)ができませんでした。信じて自己を棄てて任せることができませんでした。それも芥川の強いエゴイズムのせいでしょう。

また、芥川は、幼少の頃より母なるものへの憧憬（あこがれること）が人一倍強かったでした。

◆宗教上の葛藤

これは精神病者を母に持ち、長男でありながら生後間もなく養子に出され、母親の愛情を受けることができなかったことに起因するものと思われます。

地獄の森羅殿の前で鞭を受けて倒れた馬の一匹が母親であることを知った杜子春が、天地が裂けても黙っていなければ仙人にはなれないとの仙人の戒めを忘れ、転ぶように半死の馬に走り寄り、涙を落としながら一声「お母さん」と叫んでしまう。この『杜子春』の下りは実に感動的であるとともに、芥川の永遠の母なるものへの強い憧れを端的に表しています。芥川の母性への憧憬は、旅先の長崎で出会った隠れキリシタンのマリア観音像への思いにも通じるものがあります。我が国の隠れキリシタンは、西洋の父なる神ではなく、母なるものであり、それがマリア観音像に象徴されています。

私は、カトリック信者の遠藤周作が、日本人の隠れキリシタンが東洋的な母なる神を求めている姿を『沈黙』という作品に描いたものの、晩年においては、インドのガンジス河の中に身を任せて沐浴し、生活している「他力の世界」に深い衝撃を受けて『深い河』を執筆したように、芥川も、キリスト教に救いを求めていながら、結局、**彼が求めていたのは、永遠の母的なものであって、終生癒やされなかった上に、告白に**

よる二重の罪に悩み、仏教の他力本願の世界への傾斜も含めた宗教上の葛藤にも悩んでいたと思われるのです。『蜘蛛の糸』を初め芥川の作品に仏教世界を舞台にしたものが少なくないのは、作者自身が他力本願の母なる仏性に強く惹かれていたことを意味しているのではないでしょうか。

◆芥川のエゴイズム

『藪の中』において、芥川は、人を殺した罪ある者が、その死ないし罪を利用して自分の虚栄心を満たすために偽りの話をし、殊に、真砂が、すべてを知っている仏の前ですら虚偽の懺悔をしているという人間のエゴイズムの絶望的な状況を描き、ある意味では、人間は真の告白ができないこと、あるいは告白を避けている作者自身の脆弱さを露呈し、ひいてはカトリックに救いを求めきれず、人格の崩壊過程と自分の実存に対してすら懐疑的になっている現状を『藪の中』と表現し、作品を通じてギリギリの告白を試みているのでしょう。**芥川は真砂に自分を投影している**と思われます。

芥川は、罪悪感を強く意識しながら、自己の罪を直視してその罪を犯すに至った理由や心境、本音を回避し、罪の行いの後の罪悪感との苦闘を通じて自らに罰を与えようとしている悲劇性に自己陶酔し、自裁することにより死を賭して罪を贖う、いわば殉教性に似たその姿を通じて再生の拠り所としようとしていました。

『藪の中』の後に発表された芥川の短編小説『白』（大正十二年八月）は、白い犬が自己保身のために仲良しの黒犬を見殺しにしてしまったことで突如黒犬に変わり、飼い主に見捨てられたため、罪悪感に強く悩み、強い犬になろうと決心し、命を投げ打ちながら献身的な善行を繰り返すものの、遂には自殺を決意し、ただ死ぬ前に一目飼い主の兄妹に会いたいと考え、お月様に向かって「告白」をしたところ、翌日、飼い主の前で元の白犬に戻っていたという物語です。その「告白」とは、

「お月様！　お月様！　わたしは黒君を見殺しにしました。わたしの体のまっ黒になったのも、大かたそのせいかと思っています。しかしわたしはお嬢さんや坊ちゃんにお別れ申してから、あらゆる危険と戦って来ました。それは一つには何かの拍子に煤よりも黒い体を見ると、臆病を恥じる気が起こったからです。けれどもしまいには黒いのがいやさに、――この黒いわたしを殺したさに、あるいは火の中へ飛びこんだり、あるいはまた狼と戦ったりしました。が、不思議にもわたしの命はどんな強敵にも奪われません。死もわたしの顔を見ると、どこかへ逃げ去ってしまうのです。わたしはとうとう苦しさの余り、自殺しようと決心しました。ただ自殺をするにつけても、ただ一目会いたいのは可愛がって下すった御主人です。勿論お嬢さんや坊ちゃんはあしたにもわたしの姿を見ると、きっとまた野良犬と思うでしょう。ことによれば坊ちゃんのバットに打ち殺されてしまうかも知れません。しかしそれでも本望です。お月様！　お月様！　わたしは御主人の顔を見るほかに、何も願うことはありません。そのため今夜ははるばるとも

う一度ここへ帰って来ました。どうか夜の明け次第、お嬢さんや坊ちゃんに会わして下さい。」

というものであり、一見感動的です。

ところが、**この白の告白は真砂の懺悔と極めて似ています。**残念なことに、この白の告白の中には、自分が黒犬を見殺しにしてしまった経緯や自己保身の理由、これに対する真摯な反省の弁は全くありません。単に黒犬を見殺しにした事実を冒頭に一言述べているだけです。後は、その後お月様に向かって告白するに至るまでの間の自分の善行と自己犠牲の気持ちを強調しているだけです。つまり、**この白の独言は、真砂の懺悔と同じように、真の告白にも懺悔にもなっていない**のです。

ドストエフスキーの『罪と罰』の主人公ラスコーリニコフが、人間を凡人と非凡人とに勝手に区別し、非凡人である大学生のラスコーリニコフは、存在価値のあるとは思えぬ老婆の財産を活用するために強盗殺人を犯したものの、その後、純真なソーニャの前で遂に告白するに至るとともに、警察に出頭する途中、広場の真ん中で強い感動を覚え、跪いて大地に接吻し、その後、警察で係官が持ってきた水を押しのけて積極的に自白するに至るのとは比べものになりません。

芥川は、告白、懺悔よりも、罪の意識に悩む者が死をもって罰を積極的に受容しようとする姿を強調し、彼が強く惹かれた隠れキリシタンの殉教の美に相通じる純粋さを表現しようとしたのかもしれません。しかし、それこそ、人間の醜悪なエゴイズムの表れにほかなりません。なぜ罪を正面から見つめないのか。芥川はそれができませんでした。意識的にそれをしなかったのではないでしょうか。

罰を積極的に受容する姿は、実は、殉教とは全く異なります。殉教とは、宗教上の理由により弾圧され他殺されるのを神の御心のままにとして自ら積極的に受け入れるものです。

これに対して、真砂や白の言辞は、罪をじっくり見つめることを避け、自殺という罰を自分で与えることによって罪を贖おうとしているのです。これは罪あっての罰ではありません。自ら罰を加えることによって罪と向かい合うことをごまかそうとするものです。殉教は罪の意識で行われるものではありません。そうでないからこそ、神にすべてを投げ打つその姿は誠に貴いのです。罰は人間が与えるものではありません。罪を正面から見つめないで自殺を試みたとの真砂や白の態度は、キリスト教的に見れば神に対する冒瀆以外の何物でもないばかりか、その言辞には欺瞞性が満ちています。

これこそが芥川のエゴイズムの表れです。罪を見つめることのできない芥川自身の性格的苦悩、告白の虚偽性、母なる神への憧憬との矛盾に悩む姿が『藪の中』や『白』を初め晩年に近い各作品に如実に顕現されていると思われるのです。

芥川の神経衰弱は、彼の罪の意識の深さが母親からの遺伝の恐怖、「唯ぼんやりした不安」（『或旧友へ送る手記』昭和二年七月）などと相俟って進んだのでしょう。そして、通常人以上に強烈なエゴイズム、自己中心的な意識に再び悩み、「告白」や「懺悔」

を真摯に行って罪の意識から自己を解放して自己再生することができませんでした。芥川が罪を十分に認識していながらも、それが単に自覚だけでに終わり、その罪を犯すに至った自己中心的な自分のエゴを振り返り、恥ずかしいほどまでにこれを凝視して悔い改めることができませんでした。芥川は、読者のことを考え、ある種の普遍的なモチーフを表現し、これを読んだ読者に感動を与え、その普遍的なモチーフに誘わしめるために執筆していたのではありません。芥川は、書くこと自体に生き甲斐を見つけていました。執筆することそれ自体が救いを求める行為でした。「芸術至上主義」などの言葉とは違う意味で、執筆行為そのものが彼にとっての「告白」であり、人間苦からの唯一の解放の手段でした。執筆が芥川にとっての救済そのものであったように思われます。

◆中村光夫氏の批判

ところで、*中村光夫（なかむらみつお）氏は、多襄丸の白状、真砂の懺悔、武弘の死霊の物語について、**いずれかが真実であるという前提**に立ち、読者は、多襄丸の白状は大体読者の予想通り

---

*中村光夫　一九一一年（明治四十四年）〜一九八八年（昭和六十三年）。文芸評論家、劇作家、小説家。明治大学教授。特に、私小説批判を中心に日本の近代小説の歪みを指摘し、戦後の文芸評論に大きな影響を与えた。第六代日本ペンクラブ会長。

の内容であるが、その後、

「妻、夫の「陳述」はそれぞれ前の「陳述」を否定する性格のものであり、結局、夫の死は他殺か自殺かという疑問に解決があたえられないし、他殺なら犯人は誰かわからず仕舞いです。これでは活字の向こうに人生が見えるような印象を読者にあたえることはできないのではないでしょうか。」

「内容の未熟さに、構成の無理あるいは不備が照応します。このような組立ての小説ではあとからくる告白の方がより深い真実にふれていなければならぬわけですが」

「三つの「事実」が、どれも同じ資格で並列されているのでは、読者はどれが本当なのか、もし一番最後のが、もっとも真理に近いとすれば、多襄丸や妻君がどうしてあんな嘘をついたのかという疑問がのこります。」

と批判しています。(「『藪の中』から」、「すばる」一号、昭和四十五年六月)。


また、中村光夫氏は、更に、多襄丸の「陳述の特色」は、

「多襄丸が職業こそ盗賊であっても、彼自身が自負するように、ここではほとんど完全に紳士、あるいは騎士として振る舞っていることです。」

とし、

「この彼なりに真剣な気持ちは、きれいに愛の対象によって裏切られます。これが女性をまともに愛し、敬意を払う男がうける報いなのだと、彼は云いたいようです。」

としています。そして、「この作品のもっとも重要なテーマ」は、「強制された性交によっても、女は相手の男に惹きつけられることがあるということ」だとしています。

しかし、中村光夫氏の批判はどれも空虚なものです。中村光夫氏は、三者の話のどれかが真実であるという前提に立ってのものですが、芥川はそのような単純な構成でこの作品を執筆したのでないことは既に説明したとおりです。

また、多襄丸が紳士として振る舞っている理由についても、自己顕示欲が強く、みっともない恰好で放免に捕まってしまった多襄丸が、検非違使らの注目を浴び、武士の武弘と闘って勝った誇らしい男という印象を強く与えるためにあえて自分を「わたしは」と言わせ、ですます調の語りにしているに過ぎません。これに対し、武弘の話については、自分を「俺」と言わせ、である調の語りにし、話し方に男としての荒々しさが現れていますが、これは、武弘があまりにも惨めに殺されたため、いまだ武士として、男として粋がっている哀れな武弘のエゴを象徴するためであると思われます。

さらに、「女性をまともに愛し、敬意を払う男がうける報いなのだ、と彼は云いたいようです。」との氏の解釈は、多襄丸が真砂をまともに愛する言動をしているとは到底理解できませんし、敬意を払っているというのはあくまでも多襄丸から見ただけの一方的な視点であり、客観的に見れば多襄丸が敬意を払っているとはとても言えません。その多襄丸が真砂にあたかも裏切られた被害者であるかのような読み方をしている中村光夫氏の解釈はとても受け入れがたいものです。

「強制された性交によっても、女は相手の男に惹きつけられることがあるということ」がこの作品の最も重要なテーマであるというのも、芥川の意図を完全に見誤ったものであるとともに、当時の時代背景を視野に入れても、性犯罪の被害者となる女性一般の心情を何ら理解していない女性蔑視の発想です。芥川がこのようなテーマで女性の貞操観念と色慾の情を絡ませた心理を描こうとした理由も見出せず、私には賛同できません。

◆「藪の中」から脱却するための一条の光

作者は、不思議なことに、多襄丸、真砂、武弘の当事者三人に、いずれも、互いに罪のなすり付け合いをするという、人間の心情として最も自然な構成を取らずに、あえて、三者ともに自ら行ったことであるとして自分に不利益なことを述べる過剰な嘘の自白の構成にしました。

しかし、多襄丸は、たとえ自己の欲望、自尊心を満たすために武弘を殺したと述べてはいるものの、真砂や武弘の着物までは取りませんでした。この時代には追い剥ぎが盛んでした。特に武士や女の着物は高く売れました。多襄丸も、洛中に徘徊する名高い盗人として、これまで数多くの追い剥ぎをしてきたことでしょう。しかし、多襄丸は、真砂を強姦し、武弘の太刀や弓矢、真砂の乗った馬を奪っただけであり、あえてこの夫婦の着物までは剥ぎ取って盗まなかったのです。

また、木樵りの話によれば、武弘の死体は「都風の烏帽子をかぶったまま」倒れていたということでした。このことに照らしますと、真砂は、武弘を刺し殺した後に武弘の頭にこの烏帽子をかぶらせてその場を立ち去ったものと思われます。武弘は、多襄丸に襲われて杉の根に縛り付けられた時点で、烈しく体を動かしているので、烏帽子は地面に落ちしてまったものと考えるのが合理的でしょう。ですから、死体が烏帽子をかぶったままということは、真砂がかぶせたとしか考えられないのです。

武弘も、本来であれば、彼が死ぬ遠因となったのは多襄丸が自分を襲ったことでありますし、さらに多襄丸は自分の面前で妻を強姦したのですから、多襄丸に対しての憎しみの気持ちは計り知れないほど熾烈であったことが推察できます。しかし、武弘も憎むべき相手の多襄丸の罪を赦したことにしました。

このように、『藪の中』に描かれたのは、何も人間のエゴイズムによる絶望的な状況だけではありません。この三者が思いやりの情を示したその勇気こそが、人間にとって最も要求されるもの、すなわち、**藪の中から脱却するための一条の光**なのです。芥川は、**醜悪な人間のエゴイズムの中にも、救いがまだ残っている可能性を秘めた**のです。

ですが、このような芥川も、この作品後はますます混迷を深めました。彼の屍体が発見された朝、書斎前の廊下に「破棄」と朱インキで書かれた原稿用紙一枚の下に『人を殺したかしら？』の題名の原稿が発見されていますが、この中には、もう一人の自分の虚像に罪の責任を転嫁しようとして混乱している芥川の姿が標榜されます。芥川は、キリスト教に救いを求めようと懸命に努力しましたが、精神の病のために結局救いを求めきれず、この『人を殺したかしら？』には人格の破綻にまで至らんとしていた様子がよく現れています。この時点では、人間の苦しみから逃れる一条の光はもはや見えなくなっていたのでしょう。

芥川の自殺は、同時代のカトリック信者で洗礼を受けていた有島武郎の情死とはその意味が全く異なります。有島は、敬虔なカトリック信者であるがゆえに、ブルジョワに生まれた自分に対して深い罪の意識を持ち、民衆に開放するなどした脱却しようと努力し、また、ある意味では神に対して抵抗の意思表示として自殺したものと思われます。しかし、芥川の自殺にはこのような意味はうかがわれません。結局、人間のエゴイズムに対して絶望し、それゆえ、強烈な自我に固執している自分自身の虚像に耐えきれなくなり、宗教にも救いを求めきれずに敗北したと表現するのが適切なのではないかと思います。

芥川にとって、幸福や心の平静というものは理想でしかなく、人間として現世において究極に求め得る「絶対性」ではありませんでした。恩師夏目漱石の*「則天去私（そくてんきょし）」でもありませんでした。エゴイズムのない愛を求めるばかりで、自らこれを獲得すべく努力できませんでした。つまり、**芥川は、自分を投げ棄てながら他者に奉仕できなかったと思われて仕方ありません。**求めるばかりでなくなぜ世間に自己放下しようとしなかったのか。そもそも、執着のない愛などありません。愛は*「渇愛（かつあい）」です。問題は、**執着する愛の存在、エゴイズムの存在を是認した上で、いかに社会生活上の妥協を図り、また自ら妥協することが寛容となり相手方に尽くすことになるのかを自覚することで**はないかと思われます。

しかし、芥川はそれができませんでした。三島由紀夫のように小説をフィクション、虚構の産物と割り切れることもできませんでした。小説と日常生活が混沌として一体となっていました。告白を懐疑し、小説の上での告白をなおさら否定し、告白の欺瞞さを痛切に感じていたのですから、執筆する小説は徹底的に虚構にすればよかったのではないかと思われるのです。

ところが、芥川は、執筆自体に日常生活における苦しみからの救いを求めていたため、徹底したフィクションにできず、『藪の中』のような作品に仕立てることによって

---

*則天去私　小さな私にとらわれず、身を天地自然にゆだねて生きて行くこと

*喝愛　のどがかわいて水を求めるように、激しく執着すること。

葛藤した苦しい自己を表現するのが精一杯だったのだと思います。このような芥川の真面目さが神経衰弱を生み、悲劇に走らせたのではないでしょうか。

どうやら、私も「藪の中」に深入りして抜け出せなくなってしまったようです。

主要参考文献

「藪の中」芥川龍之介『藪の中・将軍』（角川文庫、昭和四十九年四月三十日改版八版発行）
「侏儒の言葉」芥川龍之介『或阿呆の一生・侏儒の言葉』（角川文庫、昭和五十年三月二十日改版九版発行）
「闇中問答」芥川龍之介『或阿呆の一生・侏儒の言葉』（角川文庫、昭和五十年三月二十日改版九版発行）
「白」芥川龍之介『芥川龍之介全集5』（ちくま文庫、筑摩書房、平成七年四月十日第六刷発行）
「疑惑」芥川龍之介『芥川龍之介全集3』（ちくま文庫、筑摩書房、平成八年四月一日第八刷発行）
「澄江堂雑記」芥川龍之介『芥川龍之介全集第四巻』（筑摩書房、昭和五十四年四月十日初版第十一刷発行）
「人を殺したかしら？」芥川龍之介『芥川龍之介未定稿集』（葛巻義敏編（岩波書店、昭和四十三年）
「作品解説」三好行雄『藪の中・将軍』（角川文庫、昭和四十九年四月三十日改版八版）
「芥川氏の『藪の中』その他」宮島新三郎『藪の中・将軍』（角川文庫、昭和四十九年四月三十日改版八版）
『『藪の中』から」中村光夫『すばる』一号（昭和四十五年六月発行）
「公開日誌〈4〉―『藪の中』について―」福田恒存『文学界』（昭和四十五年十月号）
「芥川龍之介『藪の中』」駒尺喜美『解釈と鑑賞』（昭和四十四年四月）

『芥川龍之介伝説』志村有弘（朝文社、平成五年一月）
『芥川龍之介のことば』近代文学研究会（新文学書房、昭和五十二年十月）
『芥川龍之介必携』三好行雄・編（學燈社、昭和五十六年三月）
『臨時増刊文藝　芥川龍之介讀本』（昭和三十年十二月）

【村上康聡（むらかみ やすとし）】
昭和 35 年 2 月山形県山形市生まれ。弁護士

〈職歴〉
昭和 53 年 3 月 山形県立山形東高等学校卒業
昭和 57 年 3 月 中央大学法学部法律学科卒業
昭和 58 年 4 月 最高裁判所司法修習生（37 期）
昭和 60 年 4 月 検事任官　東京地方検察庁
以後、那覇地方検察庁、那覇地方検察庁沖縄支部、東京地方検察庁、長崎地方検察庁佐世保支部、外務省総合外交政策局付検事、東京地方検察庁、千葉地方検察庁、内閣官房副長官補付内閣参事官（森内閣、小泉内閣）、東京地方検察庁刑事部副部長、福岡地方検察庁刑事部長等を歴任し、平成 18 年 12 月検事退官
平成 19 年 3 月 弁護士登録（東京弁護士会）
平成 26 年 9 月～ 太陽コスモ法律事務所所属

〈著作〉
一検事の目から見た小説『藪の中』の真相（1）～（5）（捜査研究　平成 9 年～平成 10 年　東京法令出版）
「海外の具体的事例から学ぶ腐敗防止対策のプラクティス：各国最新情報と賄賂要求に対する効果的対処法」（平成 27 年日本加除出版）

元検事の目から見た芥川龍之介『藪の中』の真相

2021 年 8 月 10 日 第 2 刷発行
著　者　村上 康聡
発行者　釣部 人裕
発行所　万代宝書房
〒176-0002 東京都練馬区桜台 1-6-9-102
電話 080-3916-9383　FAX 03-6914-5474
ホームページ：http://bandaiho.com/
メール：info@bandaiho.com
印刷・製本　小野高速印刷株式会社
落丁本・乱丁本は小社でお取替え致します。

ISBN　978-4-910064-47-5　C0036

装丁・デザイン　西宮さやか